KB153318

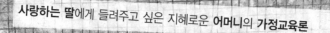

사랑하는 딸에게 들려주고 싶은 지혜로운 어머니의 가정교육론

지혜로운 어머니가 사랑하는 딸에게 보내는 31가지 삶의 이야기

캐디 C. 스펠맨 지음 | 이선종 옮김

도서출판 선영사

지혜로운 **어머니가** 사랑하는 딸에게
보내는 **31**가지 삶의 이야기

1판 1쇄 발행 1999년 05월 20일
2판 1쇄 발행 2000년 01월 10일
3판 1쇄 발행 2013년 03월 30일

지 은 이   캐디 C. 스펠맨
옮 긴 이   이선종
편집기획   김범석
표지디자인 정은영

발 행 인 김영길
펴 낸 곳 도서출판 선영사
주   소 서울시 마포구 서교동 485-14 영진빌딩 1층
Tel 02-338-8231~2   Fax 02-338-8233
E-mail sunyoungsa@hanmail.net
Web site www.sunyoung.co.kr

등   록 1983년 6월 29일 (제02-01-51호)

ISBN 978-89-7558-175-5   03840

사랑하는 나의 딸들에게

나의 사랑하는 딸들아, 엄마가 너희에게 들려주고 싶은 말들이 너무도 많구나. 요즘 들어 너희 둘 다 학교 생활하랴, 친구 사귀랴 바쁘다 보니 예전처럼 그렇게 엄마와 정겨운 대화를 나누기가 여의치 않구나.

그래서 엄마는 이렇게 너희에게 꼭 해 주고 싶은 말들을 노트에 기록해 두기로 했다.

그러니 너희가 그에 대한 답장의 의미로, 엄마의 글 뒤에다 자신들의 생각을 써 준다면 대환영이고, 이 노트가 《전쟁과 평화》만큼이나 분량이 많아질 때까지 답장을 보류해도 좋다.

이 글을 쓰기 전에 너희에게 미리 말해 두고 싶은 게 하나 있다. 엄마는 이 노트에다가 대우주의 심오한 진리라든가, 너희가 이해하기 힘든 그 어떤 이념이나 딱딱한 생활 철학 등을 기록할 생각은 조금도 없다.

지금부터 엄마가 여기에 쓰려고 하는 것은 극히 일상적인 생활에 대한 것이다. 너희보다 조금은 더 인생 경험을 쌓았고, 모험도 해 본 한 인간의 생각이다. 머지않아 너희도 엄마가 경험했던 것들을 겪게 될 테니까, 이 엄마가 어른이 되면

서부터 겪었던 그러한 경험들은 아마 우리 세 사람 모두에게 있어 공통적인 것이 될 거야.

사회적인 여성 문제, 예를 들면 여성은 이류 시민이라든가, 남성에 비해 현저히 낮은 임금을 받는다든가, 여성은 근본적으로 세상을 움직이는 직업을 갖기가 어렵다든가 하는 문제에 관해서는 누구나 익히 알고 있는 사실이다.

그러나 너희도 머지않아 어엿한 하나의 여성이 될 테니까, 이에 따라 여성의 장점에 대해서도 알아둘 필요가 있다.

엄마는 35년이란 세월을 살아오면서 여자로 태어난 것에 대해 한 번도 불만을 가져 본 적이 없다. 오히려 여성은 남성보다 좋은 점을 지니고 있다고 생각하지. 여성은 본능적으로 자기 자신의 모습을 파악하기가 쉽고, 아이를 낳을 수가 있으며, 직관을 믿으려고 하는 자세가 있고, 천부적인 유연성과 서정적인 성격을 갖추고 있지.

어때? 정말 남성보다 훌륭하다는 생각이 들지 않니?

그리고 여자로서 몇 가지 작은 기쁨이 있다고 생각되는 것들이 있는데, 너희도 한번 시간을 내어 그것들을 찾아보기 바란다.

물론, 너희가 지금 살아가고 있는 세상은 엄마가 살아온 옛 날과는 많은 차이가 날 줄로 믿는다.

요즘 세상은 모든 것들이 급속도로 변화되어 가고 있다. 인류의 장구한 역사 가운데 너희는 그 어느 세대보다도 복잡하고 다양한 사회적 억압 속에서 살아가고 있다. 그에 따라 현대인들은 깊은 딜레마에 빠지게 되고, 실로 감당하기 어려울 정도의 수많은 정보에 시달리게 되겠지.

이와 같은 격심한 변화에 견디기 위해서는, 자기라는 존재를 분명히 해 둘 필요가 있다고 생각한다. 여성이란 것이 어떤 것인가를 분명히 파악하고, 여성에 대한 시대의 커다란 기대에 부응하지 않으면 안 될 것이다.

엄마가 지금 쓰고 있는 글은 지극히 주관적이고 개인적인 것이므로, 너희의 생활에 적용될 수도, 그렇지 않을 수도 있을 것이다. 그것은 너희 두 사람이 어떤 길을 선택하느냐에 따라 달라질 것이다.

엄마가 쓴 이 글이 너희가 인생을 살아가는 데 조금이라도 도움을 줄 수 있다면 얼마나 기쁠까? 조용히 읽고 각자 나름 대로 판단해 보길 바란다.

엄마의 교훈이라고 해서 꼭 너희 자신의 교훈으로 삼으라는 말은 아니다. 엄마의 인생에 있어서의 결단과 기회와 경험이 너희가 앞으로의 인생에서 맞게 될 그러한 것과는 다를 테니까 말이다.

하지만 엄마가 너희에게 무엇을 가르쳐 주고 있는지에 대해서는 분명히 깨달아야 할 것이다. 그리고 그에 대해 공정한 평가를 부탁한다.

시대가 변하면서 습관까지도 달라져 가고 있다. 따라서 백년 전의 예절이나 삶의 방식이 오늘날의 시각으로 볼 때는 이상하게 느껴질 수도 있지. 하지만 영구히 변하지 않는 것도 이 세상에는 분명히 존재하고 있다는 사실을 깨달아야 한다.

모든 판단은 너희의 몫이다. 엄마는 너희가 잘 해 내리라 믿는다.

— 엄마로부터

차 례

차 례

차 례

제1부 삶에 대한 이야기

살아가는 동기를 찾아서

자존심을 가지고 있는가?

먼저 자기 자신의 좋은 친구가 되어라

오늘 아침, 엄마는 자존심에 아주 심한 상처를 입었단다. 그래서 이렇게 너희에게 서둘러서 이 글을 쓰고 있는 거야.

사람들은 사소한 일들로 인해 마음에 얼마나 많은 상처를 입고 있는지 몰라. 이 세상에는 사람의 자존심을 얽어매어 쓰러뜨리는 올가미가 시간과 장소에 구애됨이 없이 늘 도사리고 있단다.

아마 너희 또래의 아이들은 좀처럼 칭찬해 줄 줄 모르는 어른들에 대해 불만이 많을 것이다. 엄마가 자랄 때도 그랬으니까. 학교에서는 시시때때로 선생님으로부터 잘못을 지적받고, 공부 못 한다고 야단 맞기가 일쑤니 그럴 만도 하지.

그런데 엄마는 어른이 되어 사회에 진출하고 나서야 비로소 어른들이 왜 그렇게 잔소리를 했는지 이해할 수 있었다. 뒤에서는 후배들이 자신을 추월하기 위해 쫓아오고, 윗사람은 자신이 추월당하지 않기 위해 아랫사람을 뒷발로 차서 떨어뜨리려 한단다.

이처럼 인생은 고통스런 일들뿐이지. 모든 일들이 열등감을 더해 주기 위해 만반의 준비를 갖추고 있지. 그래서 결국은 '이것을 시인해야 할 때가 오고야 말 것인가' 하고 회의 섞인 생각을 하게 되기도 한단다.

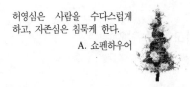

그러면, 어떻게 하면 자존심에 상처를 받지 않고 살아갈 수
있을까?

그 한 가지 방법은, 마치 소중한 보물을 간직하듯이 자존심
을 깊숙이 간직해 두는 것이다. 그리고 자신을 향해 던져지는
말들을 냉정하게 판단하는 거야. 귀를 기울여야 할 부분이 있
는지 없는지, 만약 있다면 그대로 실천하면 된다. 그리고 다
른 부분은 깨끗이 버리는 거야. 마치 손으로 들기에 너무 무
거운 짐은 모두 내려놓는 것처럼 말이다.

비판이란 본래 그 출처가 의심스러운 것이 많단다. 질투심
에서 나오는 것도 있고, 좋고 싫은 데서 나오는 것도 있으며,
남의 콧대를 꺾고 싶은 마음에서 나오는 것도 있다. 그리고
그 가운데는 자신이 해결할 수 없는 엄청난 문제를 안고 있
기 때문에 그 화풀이를 하기 위해 남을 비판하는 것까지도
있단다.

시시, 네 운동화에 대해 몹시도 흠을 잡던 그 여자아이 생
각나니? 그 아이는 너의 그 운동화가 몹시도 신고 싶어서 그
랬을 거야. 우리는 이따금 숨겨진 계략이 있는 사람들로부터
비판을 당하게 될 때가 있다. 진심으로 그 사람의 성장을 바
라서 비판하는 경우는 극히 드물지. 그러니까 말 이면에 숨겨

자존심은 맑은 미덕의 원천이
다. 허영심은 거의 모든 악덕과
못된 버릇의 원천이다.

S. R. N. 샤트로

진 동기에 각별히 주의하지 않으면 안 되는 거야.

그 비판의 원인이 무엇인가를 잘 생각하여, 그 말 가운데서
필요한 것과 필요치 않은 것을 정확히 분별할 수 있어야 한
다. 키플링은 이에 관해 다음과 같은 재미있는 말을 했단다.

'만인이 너를 의심한다 하더라도 네가 스스로를 믿고 있다
면 그것은 올바른 일이다. 그러나 자신의 믿음이 아무리 확고
하다 할지라도 그들의 의심을 계산에 넣어 두는 것이 좋다.'

이 말은, 좋지 않은 동기에서 나온 비판 가운데서도 유익한
의견을 선별할 수가 있다는 것이다.

브론빈, 언젠가 너는 누군가로부터 옷차림이 단정치 못하다
는 비난을 받은 적이 있지? 그 때 너는 꽤 마음에 상처를 받
았었지. 하지만 그 비난을 받은 뒤로부터 너는 어느 정도의
옷 입는 감각을 기를 수가 있었다. 그들의 그러한 비난 속에
서 넌 자그마한 어떤 진실의 싹을 발견했던 것이다.

사람들은 늘 새로운 정보를 접하면서 살아갈 수밖에 없다.
그리고 주변의 변화를 감지하여 자신을 돌이켜보고, 평생 동
안 자신을 개선해 나가기도 한다. 그러니까 아무리 듣기 싫은
비판이라 할지라도 자신에게 도움이 되는 것이라면 이를 흔
쾌히 받아들여 활용할 줄 알아야겠지.

전쟁은 미덕은 아니라 하더라도, 그것은 많은 덕의 어버이이다.

J. 스위프트

자기 주관을 분명하게 가지고 살자

세상을 살아가면서 무엇보다도 중요한 것은, 매사에 자신의 주관을 확실하게 가지는 것이다. 다른 사람의 무책임한 이야기를 따르는 것보다는 뚜렷한 주관을 가지고 자신의 기준에 맞추는 것이 필요하다.

저 유명한 퀴리 부인은 사람들로부터 많은 비난을 받았고, 소크라테스는 자신의 주관을 굽히지 않았다가 결국 독약을 받았으며, 모딜리아니는 엉터리 환쟁이라는 말을 들었다는 사실을 잊어서는 안 돼.

모든 혁신적인 생각을 가지고 있거나, 또 그것을 행동으로 옮겼던 사람들은 다른 사람들로부터 비난을 받고 바보 취급을 당하였으며, 급기야는 추방을 당하는 수모를 겪기도 했다. 그러나 결국 그들은 후세 사람들로부터 '인류의 위대한 공헌자'라는 칭송을 들을 수 있게 되었지 않니?

이 세상에 아무도 이의를 말하는 사람이 없다면 더 이상의 발전은 기대할 수 없게 될 거야. 사람들이 지금까지 해 오던 일만 계속 되풀이하고 있다면 영원히 새로운 세계는 열릴 수가 없을 거야.

꿈이 큰 사람들은 대체로 시야가 좁은 사람들로부터 끊임없

는 비판을 받곤 한다. 그러나 그들은 그러한 비판에 좌절하지
않고 신념을 관철시키기 위해 끝까지 노력하지. 그랬기 때문
에 지금 지구가 둥글다는 것도 확인되었으며, 미국의 독립도
쟁취할 수 있었던 거란다.

브론빈, 기억하고 있겠지? 2,3년 전, 네가 몹시 침울해 있을
때 아버지가 하셨던 말씀 말이야.

"아침에 일어나면 제일 먼저 거울을 보고 이렇게 말해 보거
라. '나는 정말 예쁘구나! 세상 어디에도 나처럼 예쁜 여자는
아마 없을 거야.'라고 말야."

그 때 아버지는 너의 자존심을 돋구어 주기 위해 단순하지
만 효과적인 방법을 권하셨던 거야.

너는 '바보 같은데……' 하고 중얼거리면서도 2주일 동안이
나 아버지가 시키는 대로 했었지. 그리고 며칠이 지난 어느
날 아침, 너는 이렇게 말했었다.

"엄마, 나처럼 예쁜 여자는 이 세상 어디에도 없을 거예요.
그렇지 않아요, 엄마?"

그 때 모두들 크게 웃었지만, 사실은 너에게 있어서 아주
중요한 일이었단다. 바보 같다고 말하면서도, 너는 거울과 마
주 하는 동안 자신을 발견할 수 있었으며, 그러고는 마침내

자존심은 배고픔과 목마름과 추위 이상의 것을 우리에게 요구한다.

T. 제퍼슨

스스로를 침울하게 만들었던 사소한 일들을 모두 잊어버릴 수 있었던 거야.

몇 살이 되든 사람은 평생 동안 남들로부터 비판을 받으며 살아간단다. 출세하면 할수록 더욱더 질투를 받게 되는 법이지. 눈에 도드라지면 질수록 타인의 공격 표적이 된다는 말이다. 아무리 노력한다 해도, 모든 사람들로부터 골고루 칭찬을 받으며 살아갈 수 없는 게 우리 인생이야. 그렇다고 해서 자신을 잃지 말고, 너희의 재능을 믿고 꿈을 추구해 나가도록 해라. 그렇게 하면 네가 목표한 바를 달성할 수 있을 거야.

오래 전, 할머니께서 엄마에게 이런 말씀을 하셨단다.

"무슨 일이든 반 농담 또는 장난 삼아서 해서는 안 된다. 진지하고 신중하게 권위라는 것에 대한 정당성을 물어 스스로 판단하는 것이 중요하다. 그 상대가 누구라 할지라도 — 부모님·정부·선생님, 또는 목사님이라 할지라도 — 마찬가지야. 자신의 정신이나 도덕적 신념에 비추어 보아서 옳다고 생각될 때 비로소 행동에 옮기는 거야."

그렇게 하기 위해선 우선 자신을 신뢰하지 않으면 안 된다.

자기보다 강한 자에게 졌을 때
에는 아직 자존심은 남아 있다.
푸블릴리우스 시루수

신이 너희에게 부여해 주신 힘을 최대한으로 살려, 가능한 한
최고의 인간이 되는 거야. 그리고 자기의 마음과 정신이 명령
하는 대로 살아가야 돼. 물론, 다른 사람들의 말에도 귀를 기
울여야겠지. 그것이 때론 크게 도움이 될 수도 있으니까.

　그러나 자기가 생각하여 옳다고 느껴질 때는, 주위 사람의
의견이 어떠하든 간에 자기의 신념을 굽히지 말고 관철시켜
나가야만 한다. 비평하는 사람들은 대체로 어떤 것을 건설하
려 하기보다는 파괴하려 드는 경향이 많은 반면, 창조는 우리
인생이 지향하여야 할 이상향이라고 할 수 있으니까.

딸들의 의견

　모든 비판을 즐겁게 받아들인다는 것은 무척 어려운 일이지만,
그러한 비판은 종종 자신의 약점을 깨닫게 해 줘요. 그 덕분에 사
람들은 보다 좋고 행복한 삶을 살 수 있다고 생각해요.

— 지지

　저는 아주 착한 아이로 자라기보다는 자신을 잘 아는 아이로

자라고 싶어요. 세상의 모든 어머니들은 자기의 자녀를 완벽한 인간
으로 만들기 위해 몸부림을 치고 있는 것 같아요. 하지만 과연 이
세상에 그런 완벽한 인간이 존재할 수 있을까요? 만일 그런 사람이
있다면, 아마 실은 자유인이 아니라 억압받는 불행한 사람일 거예
요. 엄마, 엄마가 기대하는 좋은 딸이 되도록 노력할게요.

— 브론빈

엄마, 미인이라면 자존심을 갖는 게 더 쉽겠죠?

— 시시

사람은 다른 사람의 친구가 되기 이전에 우선 자기 자신의 진
실한 친구가 되어야 한다고 생각해요. 즉, 남을 좋아하기 이전에
먼저 자기 자신에 대해 철저히 알고 좋아하지 않으면 안 된다고
생각해요. 자존심을 가지고, 남들과는 다른 자기 자신의 특징에
만족해야 할 것 같아요. 만일 현재의 자신이 마음에 들지 않는다
면 바꾸면 되겠지요.

— 브론빈

감사하는 마음을 갖자
컵에 물이 반절이나 채워져 있어요

세상에는 컵에 물이 반절 정도 채워진 것을 보고 '반절이나 채워져 있다'고 생각하는 사람들과 '반절밖에 채워져 있지 않다'고 생각하는 사람들이 있다는 사실을 너희도 알고 있겠지? 이는 대단히 중요한 사고의 차이로서, 이 둘 중 어느 쪽의 견해를 갖느냐에 따라서 인생은 많이 달라지게 된단다.

본래부터 만족스런 인생을 보내도록 타고난 사람은 이 세상에 아무도 없다. 즉, 제아무리 아름답고 천재이고 부자일지라도, 자신이 바라는 것을 모두 다 누리며 완전히 만족하고 사는 사람은 없다는 말이다.

얼마 전, 엄마는 어느 가게 앞에서 어떤 아름다운 여자의 뒤에 서 있은 적이 있는데, 그 때 엄마는 '저렇게 아름다우면 얼마나 좋을까?' 하고 생각했었지. 그런데 글쎄 그 여자가 갑자기 큰 소리로 저속한 말을 지껄이기 시작하는 게 아니겠니? 그 순간, '아, 안타깝게도 저 여자는 지성이 결여되어 있구나!'라는 생각이 들더구나.

누구나 살아 나가는 데에 필요한 장점은 얼마씩 가지고 있는 법이야. 그 장점을 어떻게 최대한으로 살리고 자신의 단점을 보충하느냐는 전적으로 마음가짐에 달려 있음을 명심해야 한다. 자신의 단점을 발견하고 그 자리에서 모든 것을 포기하

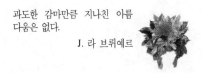

고 마는 사람이 있는가 하면, 자신이 갖고 있는 장단점들을
정확히 평가한 다음, 자기에게 부족한 것을 보충하기 위해 부
단히 노력하는 사람도 있거든. 물론, 너희는 후자가 되어야겠
지?

자신을 아름답다고 생각해라

〈기회(chance)〉라는 제목의 시를 들어 본 적이 있니?

어떤 군인이 부러진 칼을 내던져 버리고 전쟁터를 빠져나갔
지. 그런데 마침 아무런 무기도 소지하지 않았던 왕자가 그
칼을 발견하게 되고, 마침내 왕자가 그것을 주워서 적을 쳐부
쉬 버린다는 내용이야. 쓸모 없다고 남이 버린 망가진 무기가
왕자에게는 '기회'가 된 셈이지.

기회는 자기 자신이 만드는 거란다. 자신이 가지고 있지 않
은 것에 대해 아무리 한탄한들 무슨 소용이 있을까?

마음 속에 무엇인가를 가지고 있다는 것은 정말 중요한 것
이지. '가지고 있는 것은 승리를 위한 용기와 굳은 의지뿐, 그
외엔 아무것도 없다'고 말하는 사람이 있다. 그래, 용기와 굳
은 의지만 있다면 우리는 충분히 승리할 수 있는 거야.

링컨은 촛불 아래에서 공부를 했고, 에디슨은 만족스런 교

이 세상에서 가장 상쾌한 과실
은 감사이다.

메난드로스

육을 받지 못했지만 훌륭한 발명가가 되었다. 만일 이 두 사
람이 자신의 불행을 핑계로 노력을 게을리했다면, 그들은 결
국 패배자로 인생을 마쳤을 것이다. 너희도 그렇게 생각되지
않니?

따라서 너희도 자신에게 모자란 것에 눈을 돌리지 말고, 자
신에게 부여된 것이 무엇인가를 찾을 수 있도록 자신을 훈련
시켜야만 한다. 그러면, 남이 쓸모 없다고 내버린 칼을 주워
서 적을 무찌른 왕자처럼, 손쉽게 얻을 수 있는 것으로써 기
적을 행할 수가 있다.

자기의 행동에 자신을 갖도록 해라. 자연스럽게 비축된 힘
과 지성, 여자다움과 재능을 발견함으로써 보다 발전할 수 있
는 거야.

시시야, 너는 아주 말솜씨가 뛰어나고 머리가 영리해. 사물
에 대한 분석적인 사고력과 얌전한 유머, 그리고 예민한 감각
을 가지고 있지. 그것이 너를 개성이 풍부하고 매력적인 인물
로 만들어 주고 있는 거야.

브론빈, 너는 언제나 생기가 넘치고 있어. 평상시의 행동이
나 몸짓까지도 마치 무대 위의 연극 배우처럼 생동감이 넘치
지. 그리고 성품이 관대해서, 네가 있으면 온 집안이 환하게

감사는 갚아야 할 의무이지만,
어느 누구도 그것을 기대할 권
리는 없다.

J. J. 루소

밝아지는 것처럼 느껴진다.

이 얼마나 멋진 일이니? 너희 둘은 이렇게 멋진 개성과 재능을 가지고 있어. 이 엄마는, 너희가 그러한 너희의 재능을 어떻게 살려서 어떤 인생을 만들어 나갈지 아주 즐거운 마음으로 지켜보고 있단다.

앞으로 어떠한 기회를 잡을 것이냐 하는 것은 자신의 한계를 어디에 두느냐에 따라 결정된다고 생각한다. 컵에 물이 '반절밖에 없다'고 생각하지 않고, '반절이나 채워져 있다'고 생각하는 것이야말로, 석유 위기의 절정에서 유전을 발견한 것이나 마찬가지라 할 수 있다.

딸들의 생각

엄마는 낙천적이어서, 늘 사물의 나쁜 면보다는 좋은 면에 눈을 돌리신다는 것을 알고 있어요. 하지만 저는 그렇게 되지 않을 때가 많아요.

— 시시

감사는 위대한 교양의 결실이
다. 그대는 야비한 사람에게서
는 그것을 발견할 수 없으리라.

S. 존슨

사물의 나쁜 면만 바라보는 사람은 결국 비참한 인생을 보내게
되겠죠?

— 브론빈

분노를 표현할 수 있는가?

마음 속의 응어리를 상대에게 솔직하게 전하라

엄마는 어른이 되어서야 비로소 분노가 어떤 것인가를 알게 되었단다. 오랫동안 엄마는 엄마 자신을 화낼 줄 모르는 사람이라고 생각해 왔었지. 왜냐 하면 마음에 상처를 입으면 엄마는 화가 나기보다는 슬퍼지거나 기분이 우울해졌기 때문이지.

이것은 태어날 때부터 어른들로부터 분노의 감정을 겉으로 나타내지 말도록 배워 온 탓인 것 같다. 다른 아이한테 장난감을 빼앗겨도 그 아이를 때리거나 미워해서는 안 된다고 배웠지. 부모가 분별 없는 행동이나 잘못된 행동을 한다 하더라도 자녀들은 절대로 그에 대해 항의할 수 없었지. 어쨌든 상대가 누구든 면전에서 화를 내면, 서로의 인간 관계가 깨어지리라고 믿고 자라 온 사람이 많지. 그러나 분노는 어떻게든 해소하지 않으면 안 된다.

그럼 분노는 어떻게 풀어야 가장 좋을까? 분노를 푸는 가장 평범한 방법은 역시 상대방에게 복수를 하는 것이겠지. 원한을 품고 자신의 마음에 상처를 입힌 사람을 향해 반격할 기회를 기다리는 것이지. 복수의 종류에는, 말뿐인 복수, 질이 나쁜 복수, 교활한 앙갚음 등 가지가지가 있겠지만, 어쨌든 사람들은 그러한 방법으로 자신의 기분을 풀려고들 하지.

너희가 어렸을 때 어땠는지 아니? 브론빈은 시시보다 나이가 많고 몸집이 컸기 때문에, 싸울 때는 늘 힘으로 밀어붙였고, 반면에 시시는 뛰어난 말솜씨가 무기였단다.

예를 들어, 브론빈이 힘으로 시시의 장난감을 빼앗았다고 치자. 그 땐 어쩔 수 없이 시시가 지지. 그러나 문제는 그 다음이야. 2,3일 뒤에 시시는 브론빈이 가장 부끄럽게 생각하는 일을 생각해 내어 큰 소리로 외쳐 대는 거야. 너희도 기억하겠지?

이렇게 하면 아무런 해결도 나지 않은 채 분노의 감정이 마음 속에 오랫동안 남게 되지. 이 엄마도 최근 다른 방법을 찾아내기 전까지는 그런 방법을 취해 왔단다. 그러나 이 방법의 단점은 시간이 많이 걸린다는 거야. 며칠, 몇 주일, 아니 몇 년이고 계속해서 마음 속에 앙심을 품으면서 상대에게 복수할 기회만 노리게 되지.

이 방법은 마치 불만과 고통이라는 무겁고 큰 짐을 양 어깨에 짊어지고 있는 것 같지 않니? 대단히 힘들고 귀찮은 방법인데도 대부분의 사람이 이러한 방법을 선택하는 것은, 상대와 정면으로 대결하지 않아도 되기 때문이지. 그러나 이것은 교활한 방법이야.

그런가 하면, 삐쳐 가지고 묵비권을 행사하는 수도 있지. 자기는 지금 불행하고 불만이 많다는 것을 주위 사람들에게 은 연중에 알리려는 것이지. '왜 그래?' 하고 물으면 '아무것도 아냐' 하고 대답하는 거야. 마치 수난자와 같은 표정을 지으며 말이야. 이렇게 주변의 분위기를 답답하게 만들고 기분 나쁜 긴장감을 감돌게 함으로써 복수를 하는 거야. 이 방법 또한 정면 대결을 피하려는 것이지.

분노는 그 자리에서 해소하라

하루하루의 생활 속에서 우리는 부정과 의혹과 난폭과 어리석음 따위를 보게 되는데, 사람들은 그것들에 대한 화난 감정을 억누르기 위해 이 밖에도 여러 가지 방법을 쓰고 있지.

지금부터 엄마가 말하려고 하는 것은 앞서 말했던 그러한 방법들과는 다르다. 그것은 엄마 자신이 발견한 방법이고, 아주 간단한 방법이야. 어떤 방법이냐고? 바로 되받아 치는 방법이지.

상대에게 자기가 느낀 그대로를 전하면 돼. 만일 너희 친구로부터 "까치집 같은 머리구나"라는 말을 들었다면, "그 말은 너무 심하지 않니?" 하고 대답하여, 너희가 그 말에 상처받았다는 사실을 상대방에게 정확히 알려주는 거야. 너희의 남자

친구가 "너는 너무 뚱뚱해졌어"라고 말한다면, "너는 어쩜 그
렇게도 뻔뻔스러워졌니?" 하고 대답해 두면 되는 거야.

엄마 말을 이해할 수 있겠니? 마음 속에 담아 두지 말고 그
자리에서 툭툭 털어 버리라는 거야. 절대로 담아 두어서는 안
돼. 담아 두면, 상대방이 아니라 너희만 손해거든.

오른쪽 뺨을 맞고 왼쪽 뺨까지 내밀어서는 안 돼. 학대만
받는 순교자가 되어서는 안 된다는 뜻이야. 만약 분노를 털어
버리지 않고 언제까지 마음 속에 담아 둔다면 오랫동안 괴로
울 뿐만 아니라, 음험한 방법으로 다시 복수를 하게 되어, 결
국 상대방과의 인간 관계를 그르치게 된다.

너희는 이렇게 말하고 싶을 것이다.

"선생님이 누군가를 특별히 편애할 때, 선생님의 면전에서
'선생님, 선생님께서 특별히 아무개만 편애해 주시니까 정말
화가 나요'라고 말했다면 어떻게 되겠어요? 두말 할 것도 없
이 밖으로 쫓겨날 게 뻔해요."

그럼, 이렇게 설명하마. 솔직하게 자신의 분노를 표현함으로
써 상대의 반응까지 컨트롤할 수 있다고는 말하지 않겠다. 네
가 화를 내면 그에 따라 상대방도 화를 낼지 모른다. 하지만
비록 그렇더라도, 자신의 분노를 밖으로 발산해 버리면 적어

분노는 기묘한 용법을 가진 무
기이다. 다른 모든 무기는 인간
이 이를 사용하지만, 분노라는
무기는 반대로 인간을 사용한
다.

M. E. 몽테뉴

도 자기 자신을 위해서 좋은 것이다. 에너지를 발산시켜 버리
는 것이니까 마음이 후련해지지. 그렇지 않고 분노의 감정을
그대로 마음 속에 담아 두고 있으면, 그 에너지는 무언가 파
괴적인 것으로 변하게 될지도 모른다.

　자기의 감정을 솔직하게 표현하도록 해라. 그리고 거기에
반응할 기회를 상대에게도 공평하게 제공하는 거야. 문제가
되는 것은 그 자리에서 곧바로 정리해 버리자. 그것을 집까지
짊어지고 와서 다른 사람들까지 불편하게 만들면 안 돼.

　지금 엄마가 하고 있는 말을 염두에 두고, 몇 차례 시험을
해 보거라. 이 방법이 얼마나 시원스러운지 모른다. 서로간에
긴장이나 적의를 만들지 않고, 오히려 서로를 이해할 수 있는
좋은 방법이라는 것을 깨닫게 될 것이다. 그 때는 아마 깜짝
놀라게 될걸.

　자기의 분노 감정을 표출하지 않고 숨기게 되면, 그렇지 않
은 쪽보다 훨씬 더 인간 관계를 손상시키게 된단다. 자기 자
신이나 상대방이 완전하지 못한 것은 바로 인간이기 때문이
야. 따라서 서로간에 올바른 일만 행하며 살아갈 수 없는 것
이다. 생각이 부족한 때도, 오해할 때도 있는 거야.

　어떤 문제이든 간에 자신의 분노감을 상대에게 솔직히 표출

분노는 때에 따라 도덕과 용기
와의 무기이다.

아리스토텔레스

시키면, 커다란 문제의 발생을 미연에 방지할 수가 있지. 억
누르고 있던 분노를 나중에 한꺼번에 폭발시켜 버리는 것이
야말로, 그때그때 상대에게 자신의 분노를 표출시키는 것보다
훨씬 더 위험하다는 사실을 명심하기 바란다.

가슴 속에 응어리진 감정을 밖으로 토해 내면, 서로의 관계
가 결정적으로 깨지게 되는 상황을 막을 수 있다. 그러자면
논쟁이란 어떻게 하는지를 알아둘 필요가 있다. 자, 그럼 지
금부터 그 방법에 대해 알아보도록 하자.

왜 서로 말다툼을 하게 될까?

사람들은 여러 가지 이유로 서로 말다툼을 하고 있다. 자신
이 생각지도 못했던 일로 인해 말다툼을 하게 되는 경우도
있지. 한 가지 예를 들어 볼까?

학교에서 누군가 ── 찰리라고 해 두자 ── 가 너희의 답안지
를 컨닝해서 좋은 점수를 맞았다고 하자. 그러면 너는, 선생
님한테 발각되기라도 하는 날엔 큰 일이므로, 찰리에게 달려
들 수도 없어 분노를 꾹 참고 있겠지. 그러다가 이틀쯤 지나
서 그 찰리가 너에게 말을 걸어오면, 짐작컨대 너는 다짜고짜
그에게 화부터 내며 싸움할 태세로 달려들겠지. 사실은 그가

커닝한 것을 용서할 수 없기 때문이지만, 다른 사람이 알까
두려워서 차마 그런 말은 하지 못하고, 아무것도 아닌 다른
일로 화를 터뜨리게 되는 것이지.

가정에서도 마찬가지이다. 현재 일이 아니라, 이미 오래 전
에 있었던 일을 들추어 가며 싸우는 경우가 많다.

어린 시절, 엄마는 직장에 나가고, 심술궂은 가정부와 집에
남아 있다고 하자. 어려서 화를 낼 수가 없기에 가정부에 대
한 분노의 감정은 가슴 속에 차곡차곡 쌓이게 되겠지.

그러다가 10년 후, 무언가가 동기가 되어 그 기억이 되살아
나면서 엄마와 말다툼이 시작된다. 겉으로 보기에는 그 원인
이 집안 일이나 돈 문제와 같은 최근의 일인 것처럼 보이지
만, 사실은 그 옛날에 마음 속 깊이 담아 두었던 분노가 아직
까지 남아 있는 것이지.

요컨대 말다툼을 할 때 분명히 해 두어야 할 것은, 자신이
무슨 일 때문에 이렇게 화를 내고 있는가를 먼저 알아야 한
다. 만일 그것이 최근의 일로 인해 발생한 것이라면, 그 자리
에서 곧바로 솔직히 풀어 버려야 한다.

만일 디스코텍에서 친구들로부터 "넌 정말 춤추는 게 형편
없구나. 어쩌면 두 발 모두가 왼발 같니?" 하는 말을 들었다

면, "너 말 잘 했다. 뒤뚱거리는 들소!" 하고 대답해 주면 좋을 거야.

그리고 지금껏 억눌러 왔던 분노가 말다툼의 원인이 되었다고 생각되면, 한번 구체적으로 생각해 볼 일이다. 시원스럽게 토해 내기 위해서는 종이에 일일이 써 보는 방법도 좋다. 그런 후, 마음 속에 품고 있는 악감정을 상대에게 솔직히 고백하고, 그 감정을 깨끗이 씻어 버리고 싶다고 도움을 청해라.

마음 속에 안 좋은 감정이 있는가 없는가를 결정하는 하나의 열쇠는 시종 말다툼을 하고 있느냐 그렇지 않느냐 하는 것이다. 만일 부모 형제, 또는 친구들과 말다툼이 끊이지 않는다면 다음의 두 가지를 생각할 수 있다.

· 자신을 진정으로 괴롭히고 있는 것을 아직까지 겉으로 표현하지 않고 있다.

· 자신의 분노를 시원하게 겉으로 발산하지 못하므로 마음이 상쾌할 수가 없다.

분노의 감정을 억눌러 두면 1년 내내 불쾌한 상태가 계속된다. 마치 신발 속에 작은 돌멩이가 들어가서 자꾸 신경을 거슬리는 것처럼 몹시 짜증이 나는 거지.

분노는 일시의 광기이다. 그대
가 분노를 제압하지 못하면 분
노가 그대를 제압한다.

　　　　　　호라티우스

그러나 분노를 쏟아내 버리면 마음이 편안해진다. 그렇지
않고 짜증이 나는 상태를 그대로 놔두면, 내 마음도 개운치
않을 뿐 아니라, 네게 화풀이를 당한 사람까지도 괜히 불쾌할
수가 있으니 주의할 일이다.

용서하는 것과 잊는 것

이 세상에서 용서할 줄 모르는 사람만큼 불행한 사람도 없
다. 다른 사람의 잘못을 용서하지 못하거나 잊지 못함으로써
자기와 남을 불쾌하게 하거나 불안하게 하는 사람은 결국 비
참한 인생을 보내게 된다.

그런 사람들은 솔직히 자신의 마음을 밖으로 표현하는 능력
을 가지지 못한 사람들이야. 마음 속에 있는 감정을 솔직히
표현하면 깨끗이 해결될 것을, 그렇지 못하고 평생 동안 불쌍
하게도 그 분노에 짓눌려 살아가게 되는 것이지.

늘 유쾌하고 너그러운 마음으로 하루하루를 보내는 것이야
말로 참으로 바람직한 일이다. 만일 그렇지 않고 화가 나 있
거나 긴장해 있는 상태라면 곧바로 그것을 해결해야 한다.

자신은 결코 행복해질 자격이 없는 사람이라고 생각하는 사
람이 있다면, 이 세상에서 그처럼 불행한 일은 없단다. 이에

화가 나거든, 무엇인가를 말하
든가 행하기 전에 열까지 세어
라, 그래도 화가 걷히지 않거든
백까지 세어라. 그래도 안 되거
든 천까지 세어라.

T. 제퍼슨

대해서는 나중에 뒤에서 말하겠다.

딸들의 생각

분노의 감정을 털어 내라는 엄마의 말씀, 마음 속 깊이 새겨 두
겠어요. 참으로 중요한 일이라고 생각해요. 저도 친구들에게는 무
슨 얘기든 마음먹은 대로 다 털어 낼 수 있지만, 상대방이 어른일
경우, 그러기가 좀처럼 힘들어요. 선생님은 더더욱 어렵고요.

— 시시

저는 남에게 분노의 감정을 털어 놓아선 안 된다고 생각해요.
그러면 문제가 더욱 복잡해지지 않을까요? 자신의 분노를 적절하
게 컨트롤해야 한다고 생각해요.

— 지지

자신의 감정을 표출하지 못하고 그것을 가슴 속에 간직한 채
돌아다닌다는 것은 건강상으로도 매우 안 좋다고 생각해요. 그것
은 언젠가는 결국 폭발하게 될 것이고, 더구나 안 좋은 상황에서

노하는 것은 굴러떨어지는 물
건과 같아서 그 떨어져 부딪힌
물건 위에서 깨어진다.

L. A. 세네카

폭발하게 되면 더욱 어려운 상태가 될 수도 있지요.

누군가 때문에 화가 났다면, 그 자리에서 곧바로 말해서 그러한
감정을 상대에게 알려야 한다고 생각해요. 그것이 불가능하다면,
주먹으로 벽을 친다거나, 헝겊으로 만든 곰인형을 내던진다든가,
큰 베개라도 두들겨 패서 화를 풀어야겠지요. 그렇지 않고 그냥
가슴 속에 담아 두게 되면, 그것은 불씨를 품은 활화산 같아서 언
젠가는 결국 폭발하게 될 것이고, 또 건강 상태도 안 좋게 될지
모릅니다.

— 로라

저는 사람들의 의견이 언제나 일치될 수만은 없다고 하는 대목
이 마음에 들어요. 남들과 의견은 달라도 서로 사이좋게 지내고,
사랑하며, 함께 이야기를 나누며 살아갈 수 있으니까요.

— 브론빈

행복할 의무에 관하여

너는 행복이 어울리는 소녀란다

언젠가 너희가 읽고 싶다고 하여 엄마가 사다 주었던 칼 메닌저의 《자신에게 짐 지워진 것》이라는 훌륭한 책이 있었지? 이 책은, 행복해지는 길을 스스로가 막아 버리는 어리석음에 대해 자세하게 이야기하고 있지. 우리도 종종 자신의 기쁨을 향해 나아가다가 어느 순간, 마치 전기가 끊기듯이, 중단시켜 버리는 일이 있지. 왜 그런 일이 발생하는지 잠깐 생각해 보자꾸나.

우리는 갓난아기 때부터, 아니 어머니의 뱃속에 들어 있던 때부터 모든 것을 기억 중추 속에 담아 두고 있단다. 방 벽지의 색깔이라든가, 처음 걸음마를 시작하던 때의 일 등, 아주 사소한 것에서부터 아주 중요한 일까지 모두 기억에 남는 거야. 주위 사람들한테서 들었던 것도 머릿속의 기억 장치는 모두 기록하고 있어. 그리고 그것 때문에 문제가 생겨나기도 하지.

생각해 봐라. 우리는 갓난아이 적부터 "그러면 못써"라는 말을 무척이나 많이 들어 왔지 않니? 모든 것이 잘못된 것뿐이지. 운동화 끈을 잘 매지 못한다, 옷에다 오줌을 싼다, 고기를 잘 못 썬다, 글씨를 잘 못 읽는다, 글씨를 틀리게 썼다는 등, 그야말로 너무나 많지.

인간들의 행복이란 것은 몸이
나 돈에 의하는 것이 아니라
마음의 올바름과 지혜의 많음
에 의한다.
데모크리토스

아무리 열심히 하려고 애를 써도 잘못투성이가 되어 버리는 것이지. 일부러 그렇게 하는 게 아니라, 익숙하지 않아서 그러는 것이지. 운동 근육이 충분히 발달되기 전에는 고기를 잘 썰 수가 없지. 지그소 퍼즐(조각 그림 맞추기)은 그림 전체의 모양이 확실히 구분될 때까지는 그 조각을 어디에다가 끼워 넣어야 할지 알 수 없지 않겠니?

어리기 때문에 실패하는데도 부모님이나 선생님들은 신경질을 내고 소리를 지르지. 그럴 때마다 아이들은 움찔 자신의 몸이 움츠러드는 감정을 느끼게 되고 말야.

"또 망쳐 놨구나!"

"도대체 언제쯤에나 제대로 할 거니?"

"왜 이렇게 멍청하니?"

등등, 늘 이렇게 부정적인 말들을 들으면서 자라는 거야.

그럼, 이런 부정적인 말들은 우리에게 어떤 영향을 미칠까? 그것은 계속하여, '너는 안 돼', 또는 '너는 마땅히 벌을 받아야지' 하는 말을 듣고 있는 것과 마찬가지야. 즉 이 말은, '너는 행복해질 자격이 없어', '네가 기쁨을 누린다는 건 당치도 않아' 하는 말과 같은 것이지.

어린 마음에 상처를 입히는 이런 말들은, 아주 오래 전에 들었던 것이므로, 자라면서 점점 잊혀지게 되지. 마치 2 곱하기 2는 4가 된다는 것을 자기가 처음에 어떻게 이해하게 되었는지 완전히 잊어버리고, 그건 당연히 4가 되어야 한다고 생각하는 것처럼, "행복해질 자격이 없다"는 따위의 말을 자기가 어떻게 하여 믿게 되었는지 기억하고 있지 않으면서도 자기는 당연히 행복해질 자격이 없다고 생각해 버리는 거야.

행복해지지 않기 위한 계획

위에서 말한 부정적인 프로그래밍이 얼마나 인간들에게 자멸적 행위를 불러일으키고 있는지 너희는 아마 모를 것이다. 그 심각성은 참으로 놀랄 정도란다. 알코올 중독이나 마약 중독처럼 뚜렷이 나타나는 형태를 취하는 경우도 있고, 다음과 같이 그렇지 않은 경우도 있는데, 이것 역시 부정적인 프로그래밍의 결과이지.

어떤 일을 위해 몸부림치며 노력한 결과, 드디어 성공을 눈앞에 둔 시점에서 그것을 놓쳐 버리는 사람, 몇 년 동안 오직 시합을 위해서 맹연습을 했는데 시합 바로 직전에 유행성 독감에 걸려 쓰러지는 운동 선수, 한 학기 동안 열심히 공부해 왔는데 막상 시험 당일이 되자 너무 긴장한 나머지 백지 답

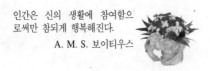

안지를 내놓는 학생 등…….

얼른 보아 우연한 일인 것 같은 이러한 자기 파괴적인 행동에는 사실 많은 공통점이 있단다. 비록 우연히 발생한 사건으로, 어느 누구도 나무랄 수 없는 형태를 취하고 있긴 하지만 말이다.

이해가 되는지 모르겠구나. 이것은 자기 좌절이야. 인간의 마음이나 육체가 자기 자신에게 반역을 일으키는 것이지. 자기 자신은 미처 그것을 알지도 못하고, 또 그렇게 되기를 바라지 않는데도 말이야.

이것은 어린 시절에 주입된 그 엉터리 같은 프로그래밍의 결과이지.

'나는 태어날 때부터 성공과는 거리가 멀어.'

라든가,

'내가 행복해질 리 없어'

라든가,

'그게 그렇게 쉽사리 내 손에 들어온다면 누가 인생을 어렵다고 하겠어?'

라고 믿어 버리도록 한 결과이지.

원인이야 여러 가지가 있겠지만 결과는 모두 마찬가지여서,

가볍게는 자기 좌절, 무겁게는 자살에까지 이르게 된단다. 가장 가벼운 증상의 하나로, 자신은 기쁨이 무엇인지를 모르는 인간이라고 마음 속 깊이 믿고, 기쁨의 감정을 스스로 금지하는 경우가 있지.

기억해 두어야 할 것은, 이러한 행동은 아주 미묘한 현상으로서, 직접 눈에 띄는 곳에서 일어나는 것이 아니라 거의 무의식의 단계에서 일어나는 사건이라는 거야. 미묘하지만, 이것은 실제로 여러 가지 나쁜 영향을 미친다.

학교 생활에서도 그 예는 얼마든지 찾아볼 수 있다. 시험 점수가 95점인데도 100점이 아닌 것에 대해 속상해하는 학생, 수학은 아주 잘할 수 있을 것 같은데 국어가 평균 점수밖에 안 될 것 같아서 불안해하는 학생 등……

또 장사를 하여 제아무리 많은 돈을 벌었어도 도무지 만족할 줄 모르고, 오로지 돈을 벌기 위해 또다시 다음 목표를 향해 자신을 몰아붙이는 사람도 있다. 애정 문제에서도 마찬가지여서, 성심 성의껏 남을 사랑하지만, 무슨 이유에서인지 보답되지 않는 사랑을 선택하는 사람도 있어.

사람들의 생활 가운데는 곳곳에 기쁨을 금지당한 프로그래밍이 그 모습을 드러내고 있단다. 그런데 더욱 안타까운 것은,

인간의 최대의 행복은 날마다
덕에 대해서 말을 주고받는 것
이다. 혼이 없는 생활은 인간에
값하는 생활이 아니다.

소크라테스

이 행복 거부 감정의 원인을 자신이 아닌 다른 쪽으로 살짝
전가시키는 거야.

예를 들어 성적이 나쁜 학생의 경우, 나쁜 쪽은 자신이 아
니라 선생님이 되며, 일밖에 모르는 사업 중독증의 실업가는
자기가 그렇게 된 원인을 아내의 낭비벽 탓으로 돌리고, 실연
한 사람은 상대방의 애정 부족 때문이라며 한탄을 하지. 그러
나 사실은 모두가 자신의 마음 속에 있는 부정적인 프로그래
밍, 즉 '행복해지지 않기 위한 계획' 때문이라는 걸 알아야 한
다.

작은 일에도 기쁨을 느끼는가?

그럼 이런 좋지 않은 것들과 어떻게 싸우면 좋을까?

먼저 자기 자신이 인생을 재미있게 살고 있는지부터 충분히
관찰해 볼 필요가 있다.

학교나 직장 생활은 재미있는가?

정신적인 충격이나 스트레스를 받는 일은 없는가?

작은 일에도 기쁨을 느끼는가?

아름다운 자연의 모습에, 또는 새로 구입한 드레스나 좋은
시험 점수에 즐거움을 느끼는가?

행복한 사람은 남을 행복하게
만들어 줄 수 있다. 남을 복되
게 하여 주면 자기의 행복도
한층 더한 것이다.

I. 칸트

인생에서 커다란 기쁨을 느끼고 있는가?

아니면 어떠한 일에도 만족하지 못하고 불유쾌한 나날을 보
내는가?

그렇다면 자신이 무엇에 대해서 이러한 현상을 일으키는지,
그리고 왜 그런 일이 계속해서 자신에게 일어나는지를 잘 조
사해 볼 필요가 있다.

그런 비참한 상태를 발생시키는 원인이 자기 자신에게 있지
나 않은지, 한 순간 잠시 행복해하다가 곧바로 그것을 다시
엉망으로 만드는 고민거리를 찾고 있는 것은 아닌지, 행복이
슬며시 너희들 곁으로 다가올 때 그것을 어떻게 다뤄야 할지
모르는 것은 아닌지, 혹은 잠시라도 행복한 기분이 계속되면,
'이건 그 어떤 무서운 일이 일어날 징조인지도 몰라' 하면서
너희가 무언가 불유쾌한 일을 생각할지 모르겠구나. 하지만
자꾸 그렇게 안 좋은 쪽을 생각하다 보면, 자신도 모르는 사
이에 자꾸 그쪽으로 끌려가게 된다는 것을 명심하도록 해라.

따라서 언제나,

'나는 행복해지는 게 당연해.'

라고 마음 속 이야기를 자신에게 들려주도록 해라. 너희는
살인마도, 남에게 혐오감을 심어 주는 사람도 아닌, 지극히

정상적인 사람이지 않니? 그러니까 너희가 인간성을 높여 행복한 생활을 영위하는 것이야말로 마땅한 것이지.

비참함이 아닌 기쁨이, 비애가 아닌 행복이 너희에겐 어울리는 거야. 설령 너희가 해고를 당했다 하더라도 그것은 하찮은 실패에 지나지 않는다. 인간이면 누구나 한 번쯤은 실패가 따르는 법이니까 말야.

하루의 일과를 시작하기 전에 날마다 이렇게 외쳐 보자. 완전히 너희 마음 속에 새겨져 버릴 때까지 그 날의 제목 삼아서 말이야.

'행복이야말로 나에게 참으로 어울린다. 내 마음은 언제나 평화로 가득 차 있다.'

이런 생각을 하고 있으면 그것은 어느 새 신념이 되고, 그 신념을 갖게 되면 정말 너희가 행복해진단다.

그리고 자신의 발전 상태를 관찰해 보자. 만일 너희가 옛습관대로 스트레스·고민·억압감을 느끼게 된다면, 다시 한 번 자신에게는 행복이 딱 어울린다는 사실을 상기시키도록 해라.

옛날의 그 부정적인 프로그래밍을 어떻게 버릴 것인가에 대해서는 훌륭한 심리학자가 쓴 책을 읽어 보는 것도 좋겠지.

참된 행복은 잘 정착하지 않는다. 좀처럼 발견되지 않지만 어느 곳에나 있다. 돈으로도 살 수 없지만 언제든지 구할 수는 있다.

A. 포프

내가 너희에게 권하고 싶은 책들은, 앞에서 말했던 칼 메닌저의 《나에게 짐지워진 것》과, 롤로 메이의 《창조하는 용기》와 《사랑의 의지》, 토마스 A. 헤리스의 《아이 엠 오케이, 유 아 오케이》 등이다.

위대한 사상가들이 쓴 읽기 쉽고 알기 쉬운 책이 많이 있으니, 우선 자기에게 알맞다고 생각하는 것을 골라서 순수한 마음으로 읽도록 해라. 그러면 아주 많은 유익한 조언들을 얻을 수 있을 것이다.

그리고 혼자 힘으로는 도저히 감당할 수 없을 정도로 부정적인 프로그래밍이 자신에게 깊이 스며들었다고 생각되면, 친절하고 유능한 카운슬러를 찾아가서 상담하는 것도 좋다.

행복한 생활은 스스로가 만들어 내는 거란다. 그것을 위해서는 어떠한 노력도 아껴서는 안 된다.

딸들의 생각

인생에 있어서 기쁨과 행복이란 아주 중요한 것, 자기가 원하는 것을 모두 갖고 있지 못하다고 해서 행복하지 않다고 말할 수는 없다고 생각해요. 하루하루의 생활 속에서 자신을 행복하게 하는 것을 찾아내어, 가능한 한 그것을 즐기는 마음이 중요하겠다는 생각이 들어요.

　　　　　　　　　　　　　　　　　　　　　　　— 지지

그리고 보니까 하루하루의 생활 속에 기쁨과 행복이 있군요. 저는 인생에서 4분의 3은 즐겁고 행복해야 한다고 생각해요.

　　　　　　　　　　　　　　　　　　　　　　　— 시시

기쁨과 행복은 서로 다르다고 하는 사실을 잊어서는 안 된다고 생각해요. 기쁨은 순간에 불과하지만, 행복은 일생 동안 계속되는 것이니까요.

　　　　　　　　　　　　　　　　　　　　　　　— 로라

인간은 행복하든가 불행하든가, 이 두 가지 가운데 어느 하나이겠지요. 행복은 그 사람의 생각과 아주 깊은 관계가 있는 것 같아요. 우리는 자신을 행복하게 하여야 하고, 자신에게 주어진 것에 최선을 다해야 한다고 생각해요.

사물에는 반드시 밝은 면과 어두운 면이 있지요. 그 가운데 우

행복이란 우리 집의 정원에서
자라나는 것이지, 남의 정원에
서 따오는 것은 아니다.

P. 제랄디

리는 밝은 면을 볼 수 있어야 하겠죠. 그러려면 그에 대한 공부를
해야겠고요.

그리고 자신이 있으면, 좋은 인생을 보낼 수 있겠지요. 주위 사
람들이 자신을 행복하게 해 주기만 기다리는 사람은 결국 불행한
채로 일생을 마치게 되겠지요.

— 브론빈

죽음은 고향의 안식이다

그리운 사람들과의 재회가 기다리고 있다

엄마의 할아버지, 그러니까 너희들에게는 외증조 할아버지 이시지. 그분은 이 엄마가 여섯 살 때에 돌아가셨는데, 엄마는 그 할아버지를 무척이나 좋아했단다. 어린아이는 참석시켜 주지 않아서 장례식에는 따라가지 못했지만, 몇 십 년이 지난 지금에 와서도 엄마는 그 때 할아버지께 작별 인사를 올리지 못한 게 못내 섭섭하기만 하단다.

장례식에 관한 한 엄마의 생각은 이렇다. 아주 진부한 생각인지는 몰라도, 친구가 상을 당했을 때는 반드시 그 자리에 참석하여 죽은 사람에 대한 애도는 물론, 그 가족에게 힘이 되어 주어야 도리라고 생각한다. 슬픔을 함께 해 주는 친구가 옆에 있어 준다는 것은 유족들에게 있어 여간 마음 든든한 일이 아니지.

소중한 가족을 잃고 슬픔에 빠져 있는 사람들에게는 최대한 힘과 용기를 불어넣어 주어야만 한다.

나는 죽음에 관한 한 일반 사람들과는 좀 다른 사고 방식을 가지고 있다. 그 동안 엄마는 그에 대한 책을 많이 읽고, 또 최면술이나 명상에 의해 특별한 체험도 해 보아서, 우리 인간의 생명력이란 것이 꼭 이 세상에 국한된다고는 생각지 않게 되었다. 그리고 우리의 생이 이 세상에서 끝나지 않고 사후에도 존재한다고 믿으니 훨씬 더 마음이 편안해지더구나.

너희에게 엄마가 믿고 있는 바를 강요할 생각은 없다. 이에 대한 생각은 사람마다 각기 다를 테니까 말이다. 다만 엄마의 마음을 전하는 것이니, 이를 참고 삼아 쓸데없이 너무 죽음에 대해 공포감을 갖지 말도록 해라.

인생 최후의 중대한 모험

엄마는 죽음이 전혀 두렵지 않다. 그 죽음이란 것이 어떤 것인지 원래부터 알고 있는 듯한 느낌이 들거든. 엄마는 가끔 현실의 상태를 벗어나서 다른 의식 상태로 들어가곤 하는데, 죽음 또한 단순히 그러한 상태가 아닌가 생각한다.

죽음은 우리 인간에게 있어서 아직 경험하지 못한 최후의 영역이기도 하다. 결국, 죽음이란 것은 최후에 행하는 위대한 모험인 것이지. 나이를 먹어 감에 따라 엄마는 점점 더 평안 해지고 행복을 느낀단다. 죽음이 엄마 자신에게 있어서 최후 의, 그리고 가장 중대한 생애의 경험이 되리라고 느끼고 있기 때문이지.

그러니까 이 엄마는 다른 사람들이 느끼는 죽음에 대한 공 포를 느끼지 않고 살아 온 셈이지. 그렇다고 해서 이 엄마가 죽음은 미(美)의 어머니이다.
그래서 오로지 그녀에게서만
우리의 꿈의 실현을 찾을 수
있다.

W. 스티븐스

죽음을 기다린다는 건 아니다.

죽음은 인생의 정점(定點)이어야 해. 생각지도 않은 때에 아무렇게나 불쑥 찾아와서는 안 되는 거야.

그것에 대하여 시인인 로버트 브라우닝은 다음과 같이 노래했지.

우리 모두 늙어 가는구나
가장 좋은 날은 아직 오지 않았도다
인생의 처음은 오직 마지막을 위해서 존재하리니

또 한 가지, 이 엄마가 죽음을 두려워하지 않는 이유는 죽음을 일종의 '재회'라고 믿고 있기 때문이야. 로버트 루이스 스티븐슨의 시 한 구절을 소개하겠다.

친구는 결코 죽지 않았다
인간이 가야 할 작은 길을
종종걸음쳐 우리보다 서둘러 갔을 뿐
끝을 조금 앞당겼을 뿐
그러니 모퉁이를 돌면

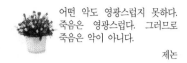

또다시 얼굴을 마주할 수 있겠지
그대가 죽었다고 믿고 있는 이 친구와.

엄마도 그렇게 생각한다. 우리보다 앞서 간 사람들의 영혼이 어딘가 영원한 장소에서 우리를 기다리고 있을 거라고 생각해. 나를 사랑해 주던 사람들, 이 세상의 마지막 장벽을 뛰어넘어 간 사람들의 영혼이 그 곳에서 우리의 손을 잡아 맞아 주리라고 말이야.

작별 인사를 드리지 못했던 그 할아버지가, 그리고 이 엄마가 세상에 태어나기도 전에 돌아가셔서 한 번도 뵙지 못한, 이 엄마와 꼭 닮았다는 할머니가 그 곳에서 기다리고 계시리라 이 엄마는 믿고 있단다.

엄마는, 사랑은 영원히 죽지 않는다고 믿고 있다. 그것은 이 세상에서 가장 강하기 때문에 영혼과 마찬가지로 영원히 지속된다고 생각하지.

이제, 죽음에 대해 엄마가 어떻게 생각하고 있는지 이해할 수 있겠니? 물론 너희도 이 엄마와 똑같이 생각하라는 말은 아니다. 다만 너희 두 사람이 이 엄마에게 작별을 고해야 할 때가 오면, 지금 엄마가 말한 것들을 상기해 줬으면 해서 하

죽음이 어떠한 장소에서 그대
를 기다리고 있는지 모른다. 따
라서 어떠한 장소에 있든지 죽
음을 기다리라.

L. A. 세네카

는 말이다. 엄마에게 있어서 죽음은 공포나 끝이 아니라, 마
치 사람이 자기가 태어난 고향으로 돌아가듯이 그리운 곳으
로 돌아갈 뿐이라는 사실을.

딸들의 생각

죽음은 아주 자연스러운 것이라고 생각해요. 저는 죽음에 대해
공포를 느끼지는 않지만, 고통이나 괴로움이 없이 편안하게 죽었
으면 좋겠어요.

— 로라

저는 어릴 적에 죽는 것이 무서워서 밤중에 자다가 일어나서
훌쩍훌쩍 울었지요. 하지만 이젠 무섭지 않아요.

옛날에는 이 죽음을, 멋진 것이 모두 끝나는 것으로 생각했었는
데, 지금은 그것을 인생의 연속이라고 생각하게 되었어요. 어떻게
보면 그것은 또 다른 삶의 시작이라고 할 수도 있는 것 같아요.

어쨌든 사람은 언젠가 한 번은 죽어야 하지요. 그 죽음을 멋진
것으로 바꿀 수 있으면 좋겠어요. 죽음은 미지의 것, 최후의 개척

인간이 품는 죽음의 공포는 모
두 자연에 대한 인식의 결여에
유래한다.

루크레티우스

지라고 생각해요.

— 브론빈

왠지 모르게 저는 죽음이 너무 무서워요. 아무리 두려워하지 않
으려고 노력해도 안 돼요. 얼마 전에 저와 친하게 지내던 친구 한
명이 죽었어요. 그 일을 생각하면, 죽음은 너무도 무섭기만 해요.

— 완다

살아가는 용기에 관하여

누구나 항상 절망과 싸울 기회를 가지고 있단다

얼마 전 우리가 병든 토끼를 간병할 때, 엄마는 문득 너희 외할아버지께서 늘 하시던 말씀이 생각났다.

'싸울 기회를 주거라.'

아주 절망적인 경우에도 외할아버지께서는 꼭 그렇게 말씀하곤 하셨지. 실제로 그것은 외할아버지의 사고 방식이기도 했단다.

예를 들어, 동물을 보건소로 보낼 것인가, 그 동물을 기를 새로운 주인을 찾을 것인가 하는 문제가 발생했다고 하자. 그러면 외할아버지께서는 그 동물에게 '싸울 기회'를 주기 위해서 이웃 사람들을 불러모아 놓고 그 동물을 기르겠다는 사람을 찾아냈던 것이다.

그 애완 동물이 병에 걸려 수의사까지 포기한 상태임에도 불구하고, 외할아버지께서는 그 동물에게 '싸울 기회'를 만들어 주셨어. 이처럼 그분께서는 절망적으로 보일 때에도 결코 포기하지 않고 또 다른 시험 쪽을 선택하셨단다. 그것은 살아 있는 것의 끈질긴 생명력을 신봉했기 때문일 뿐 아니라, 더 나아가 기적을 믿는 마음이 있기 때문이지.

그리고 너희 외할머니께서는 세상의 패배자들에 대해 특별한 관심을 가지신 분이었다. 그들을 끌어당기는 매력이란 자

기적을 믿는 사람에게는 모든
것이 가능하다.
크레르보의 성(聖) 베르나르

유의 여신에게도 결코 뒤떨어지지 않을 정도였다. 신체 장애
자나 배고픈 인디언 아이들, 그리고 가난 때문에 부모로부터
버림받은 아이들을 모아 놓고 그들에게 '싸울 기회'를 주셨지.
외할머니의 그러한 격려로 말미암아 얼마나 많은 사람들이
기적처럼 살 의지와 힘을 얻었는지 모른다. 외할머니의 불굴
의 정신이 그들로 하여금 자신들의 불운을 헤쳐나갈 수 있게
해 준 거야.

어른이 된 후에 엄마는 부모님께 척추암으로 죽어 가는 친
구에 대해 이야기하면서, 차라리 그 친구를 안락사시켜 고통
으로부터 해방시키는 편이 좋지 않겠느냐고 물은 적이 있어.
물론 의사를 통해 말이야. 무척 심한 고통으로 괴로워하는 그
친구가 너무도 불쌍했기 때문이지.

그 때 그분들께서는 이렇게 말씀하셨단다.

"그 사람이 살아 있는 한, 죽음과 싸워 볼 기회가 있는 거
야."

그리고 얼마 후 엄마는 그 중병에 걸려 사경을 헤매던 사람
과 점심을 같이하게 되었단다. 그는 의학 잡지에서 문제삼을
정도로 아주 기적적으로 건강을 되찾은 것이지.

엄마는 그런 기적이 어떻게 해서 일어날 수 있었는지를 그

친구에게 물었지. 그러자 그 친구는 이렇게 말했어.

"나는 이미 오래 전에 의사로부터 버림받은 몸이었지. 그런데 어느 날 밤, 나는 문득 그야말로 형용할 수 없는 고통 가운데서 너무나 불공평한 운명에 대해 맹렬한 분노를 느끼게 되었어. 그래서 운명과 '싸우기로' 한 거지."

그로부터 15년이 지난 지금, 그 친구는 척추도 완전히 나았고, 또한 누구 못지않게 건강하단다. 기적이 일어난 것이지. 만일 그 때 '싸울 기회'를 포기했더라면 그러한 기적은 일어날 수 없는 것이지.

동정심과 신념과 지혜를 갖자

이 '싸울 기회'에서는 신중히 생각해야 할 세 가지 문제가 있는데, 그것은 바로 동정심과 신념과 지혜란다.

동정심이란, 비록 승산이 없어 보이더라도 모든 사람이나 동물에게 살 기회가 부여되기를 바라는 친절한 마음씨이고, 신념이란, 기적을 믿고 어떠한 고난에도 꺾이지 않고 전진하는 강인함이며, 그리고 지혜란 것은, 싸움을 포기하면 이길 가능성이 제로이고, 전열을 가다듬어야만 희망의 빛이 솟아난다는 것을 깨닫는 현명함이다.

브론빈, 그러니까 너는, 그 병든 토끼를 계속 지켜보면서 간호해 주고 쓰다듬어 주며 먹을 것을 줌으로써 이 작은 생물에게 '싸울 기회'를 주었던 거야.

그러나 불쌍하게도 그 토끼는 결국 죽고 말았지. 그 일로 인해 지금 네가 아주 가슴 아파하고 있다는 것을 이 엄마는 잘 안다. 죽어 가던 그 토끼에게 네가 얼마나 깊은 사랑과 동정을 쏟았는지를 알기 때문이지.

언젠가 너는 분명히 누군가에게, 또 무엇인가에게 '싸울 기회'를 주어서 살 힘을 불러일으켜 줄 것이다.

엄마는 지금까지 여러 가지 많은 기적을 보아 왔다. 그 기적으로 말미암아 사람들은 자신의 절망적인 병을 고쳤고, 또 그뿐만 아니라, 절망 그 자체까지도 고쳤지.

이 엄마는 많은 사람들이 불가능과 싸워서 승리하는 것을 보았다. 그것은 그들이 기적을 믿고 투쟁할 결심을 했기 때문에 가능했던 거야.

여기에는 두 가지 의미가 담겨져 있다. 엄마는 너희가 다른 사람에게 '싸울 기회'를 부여해 주는 동정심의 소유자가 되기를 바라며, 또한 자기 자신도 절망에 도전하는 용기를 가져 주었으면 하는 바람이다. 성공의 가능성이 희박하더라도 가능

용감한 사람이 있는 곳에 가장
치열한 전투가 있고 명예를 지
킨 자리가 있다.

H. D. 소로

성을 믿고 진지하게 노력하는 의지를 가지면 반드시 희망의
빛은 비쳐 오게 되어 있다. 물론 언제나 모든 일이 쉽게 풀리
는 것은 아니지만 말이다.

딸들의 생각

저는 기적을 믿어요. 얼마 전 저의 오빠가 무서운 사고를 당했
을 때, 의사로부터 절망적이라는 진단이 내려졌지만 오빠는 죽지
않았어요. 결코 희망과 신앙과 기도를 포기해서는 안 된다고 생각
해요. 오빠가 생명을 건질 수 있게 된 것도 모두 이러한 것들의
덕택이라고 생각해요.

— 지지

제2부 사랑에 관한 이야기

사랑하는 사람과 만나기 위해

남녀 평등의 진정한 의미

서로의 강함도 약함도 받아들이는 영혼의 결속

남성과 여성을 비교하여 어느 쪽이 더 우수한가에 대한 논쟁은 오래 전부터 있어 온 것 같다. 남성들은 자신들이 월등히 뛰어나다고 주장해 왔지. 그에 대해 우리 여성들은 큰 소리로 반론을 제기하지는 않았지만, 여성의 우수성에 대해 마음 속으로 자신을 가지고 살아 왔지.

사실, 어떤 면으로 보면 여성이 남성보다 뛰어나고, 또 어떤 면으로 보면 뒤떨어지기도 하지. 무거운 짐을 들어올리는 데는 남성이 강하지만, 지구력 면에서는 여성을 당해 낼 수가 없지. 남성이 100미터를 10초에 달릴 수 있다면, 여성은 추위에 견디는 힘이 남성에 비해 월등히 뛰어나다. 그리고 남성이 용감한 사냥꾼이라면, 그 사냥감을 가지고 맛있게 요리하는 것은 우리 여성이지.

현재까지 세상에서 크게 이름을 떨친 사람은 남성 쪽이 훨씬 많다. 이거야말로 남성의 가장 좋은 장점일 수가 있지만, 여성의 평균 수명이 남성보다 훨씬 길다.

여신(女神)이 세상을 지배하던 시대도 있었지. 생명을 잉태하기 때문에 신성한 여성이 숭배의 대상이 되었던 것이지. 그런데 여성이 아이를 갖기 위해서는 남성의 정액이 필요하다는 사실을 알고 나면서부터 남성 우위의 주장이 나오기 시작했고, 그에 따라 여성 우위의 시대가 끝났지만 말이다. 그 후 여성은 이런저런 이유로 몇 천 세대에 걸쳐 제2의 지위에 만족할 수밖에 없었지.

왜, 어떻게 이런 일이 일어났는지에 대해선 너무 복잡하여 간단히 한두 마디로 설명할 수 없지만, 종교·생물학·사회학·기타 여러 가지가 얽혀 있단다. 하지만 몇천 년 동안 여성의 발목을 묶었던 것은 역시 저항할 수 없는 생물학적 요소, 즉 임신이 아닌가 싶다.

아주 오래 전부터 여자라는 존재는 임신과 출산에 결부되어 왔고, 옛날부터 임신 중에 여자가 일하는 것을 금해 왔기 때문에, 우리 여성들은 사회의 업무로부터 제외받을 수밖에 없게 되었지. 물론 예외가 없었던 것은 아니다. 어떤 시대에나 인습을 타파하려는 소수자, 예를 들어 조르즈 상드 같은 사람이 있었지만, 그것이 큰 힘을 발휘하지는 못했지.

제2의 지위에 만족할 수밖에 없었던 이유

여성들이 몇 세기 동안을 제2의 지위에 만족해 온 까닭에 대해 여러 가지 견해가 나오고 있지만, 솔직히 말해서 여성들에게는 선택의 여지가 없었기 때문이 아닌가 생각한다. 여성

은 복종하도록 배워 오고, 잠자코 억압당해야 하고, 낭만이라
는 것으로 장식되어 추어올려지고, 한없이 무시당하고 있지.

교육받지 못하고, 세상의 거친 파도에 시달리는 일 없이, 다
만 남성의 좋은 보조자만 되면 좋았던 거야. 그러니 그저 우
리 여성들은 아이를 낳아서 기르고, 늘 잡다한 가정 일에만
쫓기게 되었던 것이지. 11명의 자녀를 기르다 보면 — 옛날에
는 이런 일이 다반수였단다 — 한가하게 앉아서 교향곡을 들
을 시간이나 제대로 있겠니?

하지만 이 제2의 지위에 만족했던 지난날을 헛되었다고는
생각하지 말자. 그 동안 우리 여성들은 매우 귀중한 것을 몸
에 익혔으니까 말이야. 근면·끈기·성실·인내, 그리고 어떻
게 해서든지 우리 여성들을 낮게 평가하려는 인류의 다른 절
반(남성)을 진심으로 사랑하는 일을 익혀 왔지.

여성은 부족한 것을 적절하게 메꿀 수 있는 융통성을 길렀
고, 즉석에서 무엇을 만드는 능력도 길렀다. 일상 생활에서
무언가를 결정할 때는, 물론 자신의 판단으로 결정하기도 하
고 말이야.

그리고 뭐니 뭐니 해도 자녀 교육만큼 실제적인 일도 없다.
이거야말로 언제 어떤 사태에나 대응할 수 있는 능력과 상식

을 가지고 있지 않으면 불가능하지. 이러한 자질은 일상 생활
뿐만 아니라 비즈니스의 세계에도 큰 도움이 될 것이다.

그렇다면 어찌하여 우리 여성들은 지금까지 제2의 지위에
만족해 왔을까? 자신의 우월감에 만족한 나머지, 능력을 발휘
하는 일을 찾을 필요조차 느끼지 않았던 것일까? 자신의 능력
을 남성에게 보여 주면 자존심이 강한 남성의 비위를 건드릴
까 봐서 한 발짝 뒤로 물러난 것은 아닐까?

혹시 남자들을 기분 좋게 받들어 주고, 자신의 실속을 찾은
것은 아닐까? 아니면 우리가 지금까지 줄곧 겁을 먹고 움츠러
져 있었던 것은 아닐까? 정면으로 부닥치는 것이 두려운 나머
지, 남성이 아무리 제멋대로 굴어도 그저 불평만 하며 앉아
있었던 것은 아닐까?

아마 이들 가운데 그 어느 것이나 조금씩은 '아아, 정말 그
럴 것 같다' 하고 고개를 끄덕이게 될 것이다.

여성은 오페라를 작곡하지도 않고, 불멸의 명화도 그리지
않았으며, 비행선도 발명하지 않고, 정치에도 관여하지 않았
다. 그러나 그러한 일을 한 사람들을 낳고 기른 것은 우리 여
자들이지.

요즘 들어 여러 악조건 가운데서도 여성이 우월감을 회복하

려는 노력을 기울이고 있는 것 같아 다행이야. 주부들이 남편의 잘못을 문제삼으면서 허심 탄회하게 고칠 것을 요구하는 일이 흔히 있잖니?

우리 여성이 결코 남성에게 뒤지지 않는다는 자신을 갖는 데는 아주 평범한 근거가 있다. 우리 여성은 남성에 비해 임기응변과 재능이 뛰어나고, 곤란에 견딜 수 있는 인내력이 월등하며, 또한 아주 성실하지. 매우 실질적이기도 하고 말이야.

그리고 우리 여성들은 남성에 대해 잘 이해하고 있지. 여성은 남성들의 어머니이며, 자매이며, 딸이며, 연인이니까 당연한 일이지.

남성이 자기네들의 강함을 잘 알고 있는 것처럼, 우리는 그들의 약함을 잘 알고 있어. 남성이 당당하게 행동하는 것도 알고 있지만, 마치 어린아이처럼 투정을 부린다는 것도 알고 있거든.

의젓한 어른이 자기 양말 둔 곳을 몰라서 속옷바람으로 여기저기 찾아 헤매는 모습을 보면 얼마나 우습니? 그럴 때 우리 여성이 조금만 거들어 주면 금방 그 양말을 찾게 되지.

남성의 힘을 사랑하고 약함을 도와주자

그럼 우리 여성들은 이제부터 어떻게 되는 걸까? 우리 여성
이 완전 무장을 하고서 원형 경기장 안에 들어섰으니까, 가까
운 장래에 세상이 뒤바뀌는 변화가 일어날까? '넘버 투'였던
여성이 '넘버 원'의 남성에게 승부를 걸고 도전해야 할까?

아니 아니, 그럴 게 아니라, 여자로서 조용한 혁명을 일으키
면 멋지리라고 생각되지 않니? 남녀가 서로 손을 뻗어 마주
잡고, 상대를 이해해 주고 받아들이도록 노력한다면 참으로
좋을 거야. 상대의 희망도, 두려움도, 꿈도, 강함도, 약함도
모두 받아들여 주는 거야. 서로의 특질을 이해하고 하나로 합
하면 더할 나위 없이 좋은 완성체가 될 거야. 그렇게 하면 어
느 쪽이 더 우수한가는 문제가 되지 않는다.

너희 세대는 이제까지보다 더욱 훌륭하고 솔직하게 남녀간
의 유대 관계를 맺어 나가게 될 거야. 남녀가 서로 상대의 힘
을 사랑하고, 서로의 약한 점을 도와주면서 말이야. 그렇게
되면 서로간에 질투심은 사라지게 되고, 완전한 결합이 되어
보다 강한 힘을 발휘하게 되겠지.

진심과 진심의 결합은 보다 좋은 세계를 형성한다. 적어도
너희 세대에서는, 인류의 50퍼센트인 여성이 능력을 발휘하지

황제의 영혼도 구두장이의 영혼도 같은 주형에 부어 만들어진 것이다.

M. E. 몽테뉴

않고 썩혀 버리는 것을 사랑의 증거 운운하지는 않을 거라고 믿는다. 그렇게 되면, 자녀들은 남녀 최고의 힘으로써 길러지게 된다. 혼과 혼의 결합이 서로에게 강한 기쁨을 가져다 주는 세계가 되지. 그러한 세계가 한 세대 동안에는 실현되지 않을지도 모르지만, 한번 기다려 볼 만한 일이다.

어둠을 저주하기보다는 하나라도 빨리 등불을 켜 들고 세상을 밝히는 너희가 되길 바란다. 엄마는 너희의 세대가 바로 그 최초의 성냥불을 켜는 역할을 맡고 있다고 생각한다. 자아, 어서 등불을 밝혀 보렴.

딸들의 생각

여성이 남성보다 단연 우수하다고 생각해요. 지금 제가 여자잖아요! 하지만 솔직히 말하면, 남성에게나 여성에게나 모두 장단점이 있다고 생각해요. 그러니까 어느 한 쪽이 다른 쪽보다 더 우수하다고는 말할 수 없겠지요.

— 시시

남성은 여성의 멋진 상대
그리운 사람들과의 재회가 기다리고 있다

　여성은 남성에 대해 다음과 같은 신화를 퍼뜨려서, 자기에게도 남성에게도 곧잘 손해를 입히곤 한다.

　'남자들이란 항상 어린아이예요.'

　'남자 어른의 장난감은 어린아이의 장난감보다 훨씬 비싸다니까요."

　'그건 남자답지 못한 짓예요.'

　엄마는 공평성이라는 점만으로도 누군가 남성을 변호해 줄 것이라고 생각한다. 일반론이란 것은 어쨌든 부정확하고 불공평한 것이거든.

　남성은 여성과는 완전히 다르단다. 욕망과 열광하는 것이 다르고, 또 능력과 자부심이 다르지. 우리는 이러한 천부적인 남녀간의 차이를, 남녀간의 메우기 어려운 도랑이라고 생각하는 것은 아닐까? 엄마는 나이를 먹어 감에 따라 이러한 사실이 점점 유감스럽게 생각되었다.

　중요한 것은, 인류의 절반인 남성을 결코 과소 평가하거나 오해하지 말아야 한다는 거야. 남성과 함께 생활하면서 가능한 한 그들을 사랑하고, 서로의 가능성을 존중해 주어야만 행복해질 수 있다. 그러기 위해선 그들을 이해하지 않으면 안돼. 그렇게 함으로써 그들과의 인생이 보다 좋은 것이 된단다.

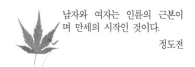
남자와 여자는 인류의 근본이
며 만세의 시작인 것이다.
정도전

'감정을 표출해선 안 된다'고 배워 온 남성들

남성이 여성과 다른 점은, 남성은 성공을 인생의 목표로 삼아 자라고 그러도록 배워 왔다는 점이다. 모든 목표를 성공에 두는 것이지. 만일 직업적으로 성공하게 되면 인생에서 성공한 것으로 간주되고, 반대로 거기에서 성공하지 못하게 되면 자타 모두가 인정하는 인생의 실패자가 되는 거지.

이러한 생각은 그들을 일방적인 인간으로 만들어 낼 뿐만 아니라, 참으로 풍요로운 인생을 만든다든가, 인격이나 도덕성을 높인다든가, 행복이나 충실감 같은 것을 무시하게 한다.

물론 성공을 지향하는 것 자체가 나쁘다는 말은 아니다. 오로지 목적 달성만을 추구한 나머지 다른 귀중한 인생 체험을 무시하는 태도가 나쁘다는 거지. 그러한 태도는 야심의 급상승과 더불어 극도의 긴장감과 고통을 수반하기 쉽다. 어려서부터 뿌리 깊이 박힌 이러한 성공지향주의는 성장하면서 더욱 강화되어, 인생의 거의 모든 시간과 에너지를 그것을 위해 소모하게 되지.

인생에서 부와 명성을 잡기란 그리 쉽지가 않다. 그런데 한 번 두 번 성공을 거듭하게 되면, 그 욕구는 멈출 줄 모르고 더욱더 커져 가게 된다. 사회 전반에 걸쳐 성공 지향과 자신

남자는 사색과 용기를 위해서,
여자는 유화와 우아함을 위해
서 만들어진다.
M. 세르반데스

의 야망에 휘말려, 인생에는 일 말고는 아무것도 없다는 일원
적(一元的)인 인간이 되고 마는 거야.

그리고 성공만 하면 모든 여성이 좋아한다는 말을 주입받았
기 때문에 오히려 남녀의 좋은 관계 성립에 장애를 가져오는
결과를 낳기도 하지.

장애가 되는 제2의 프로그래밍은, 남성은 결코 감정을 겉으
로 표현해서는 안 된다는 교육을 받아 온 거란다. 적어도 사
내 아이는 절대 울어서는 안 되었지. 남자 아이는 작지만 강
한 남성이어야 했거든.

이처럼 남성들은 어렸을 때부터, 감정에 지배받지 않는 것
이 남자다운 행동이라고 배워 온 거지. 감정은 나약한 여자나
가질 수 있는 보잘것없는 것, 따라서 감정적인 남성은 동성간
에도 좋지 못한 평판을 받곤 한단다. 그야말로 남성들은 무겁
고 불공평한 십자가를 짊어지고 있는 것이지.

바로 이 '남성은 감정을 표현해서는 안 된다'라는 것 때문에
남성도 여성도 모두 손해를 보고 있다. 이것은 남성에게 대단
한 중압감을 심어 준다.

'남자는 소리 내어 울어서는 안 된다', '남자는 함부로 분노
나 두려움을 표현해서는 안 된다', 게다가 즐거워도 마음껏

소리를 지르지 말라니…….

생각해 보거라. 강한 감정을 지니거나, 그것을 겉으로 드러
내거나 하면 남성으로서 실격이다. 그렇기 때문에 친구에게
자기의 속마음을 털어놓고 상담할 수도 없게 되지. 여자로서
상상이나 할 수 있는 일이니? 이처럼 사회는 남성들에게 가혹
한 운명을 강요하고 있어.

그런 그들이 남녀간에 사랑을 하게 되면 어떻게 될까? 갑자
기 밀려오는 격정적인 감정의 파도에 떠밀려, 사전에 아무런
훈련도 없는 상태에서 상대에게 사랑을 표현해야 하는 필요
성을 강요받게 된다. 자기 자신이 한 여성으로부터 사랑받는
인간이 되어야만 하고, 또 자기가 사랑하는 사람의 기분에 민
감히 대처하지 않으면 안 되지. 지금까지는 전연 알지도 못했
던 감정을 솔직히 입으로 토해 내지 않으면 안 되게 된 거야.
참으로 큰 일이 아니니?

사랑받을 만한 인품으로 상대에게 자신의 감정을 솔직히 전
하는 것, 무엇에 몰두한다는 것은 강한 남성의 이미지가 아니
거든. 남자다움이란 모두 이러한 것들의 반대야. 그리고 그
중심에는 무엇보다도 '성공'과 '강함'이란 것이 자리를 잡고
있단다.

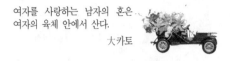

여자를 사랑하는 남자의 혼은
여자의 육체 안에서 산다.
大카토

'여자는 요물'이 아니라는 사실을 가르쳐 주자

남성들에게 있어서 가장 큰 문제는, 그들이 우리 여성들을 신용하지 못하도록 교육받은 데 있다. 그런데 아이러니컬하게도 남성들에게 그런 식으로 교육시킨 사람은 바로 여성인 어머니들이라는 거야. 여자라는 요물은 남자를 사로잡기 위해 그물을 쳐 놓았다가, 쓸 만한 남자가 나타나면 그와 결혼을 해서 일생을 편안하게 부양받으려고 늘 노리고 있다는 거야.

게다가 또, 돈과 힘만 있으면 얼마든지 여성을 매혹시킬 수 있다고 교육시키는가 하면, 애정이나 헌신·지성·감수성·상식 따위는 아무런 쓸모가 없다고 가르치기도 한다.

남성에 대한 이러한 교육이 너무 오랜 세월을 두고 계속돼 왔기 때문에 우리 여성들까지도 그러한 사상에 물들어 버린 경우가 있으니 안타까운 일이 아닐 수 없다.

"그럼 우리 여성들은 어떻게 해야 되죠?" 하고 너희는 묻고 싶겠지.

우선 남성들의 말에 귀를 기울여 주고 거기에 충실히 반응해 주어야 해. 그리고 그들에게, 우리가 그들의 성공을 사랑하는 것이 아니라 인간 그 자체를 사랑한다는 사실을 알려주어야 해.

남자는 악마 같은 여자에게도
아름다운 천사의 옷을 입힌다.
마르그리트 드 나바르

우리 여성도 남성과 친절하고 진솔하게 교류하는 것을 배워
야 한다. 정직하게 그들을 대해야 해. 괜히 그들을 속이거나
체면만 차려서는 안 된다.

남성의 마음 속에 아직도 과거의 야만적인 경향이 얼마쯤
남아 있다 하더라도 여성이 원만하게 이끌어, 그들로 하여금
현실에 뿌리를 내릴 수 있게 해 주어야 한다.

그리고 너희가 아들을 낳게 되면 그 아이에게 '진정한 남자
란 정확히 어떤 것인가'를 제대로 가르쳐 주거라. 그럴 때 비
로소 여성은 남성으로부터 진정한 사랑을 받을 수 있게 되는
거야.

딸들의 생각

저는 남자야말로 최고라고 생각해요.

— 로라

지금은 엄마 세대에 비해 남녀간에 좋은 커뮤니케이션이 이루
어지고 있다고 생각해요. 저에게도 진정한 친구라고 할 수 있는

남자는 종달새처럼 뜰에서 노
래하고, 여자는 나이팅게일처럼
어둠 속에서 노래한다.

장 파울

몇몇 남자 친구가 있는데, 여자나 남자나 과거의 엄마 세대보다는
훨씬 더 솔직하고 자연스러워진 것 같아요.

— 브론빈

사랑은 언제나 커다란 테마

사랑의 모험 · 정열 · 신비 · 허무 · 기쁨, 그리고 완성이란?

엄마는 지금부터 너희에게 '사랑'에 관한 이야기를 들려 주려고 한다.

엄마는 이 세상에서 사랑보다 더 강한 힘은 없다고 생각한다. 사랑은 인간이 경험하는 일 가운데서 가장 심오하고 아름다운 것이라고 생각한다.

사랑은 언제나 생기를 불러일으켜 사람들의 시야를 넓혀 주고, 친절과 관대함을 지니게 하고, 또 기적을 일으키게도 한단다. 엄마는 사랑이 인간의 생사를 초월하여 이어지고, 어떠한 역경에도 굴하지 않는 것을 보아 왔다. 사랑의 힘은 실로 대단해서 그것을 소유한 사람에게 강철과도 같은 강한 힘을 부여해 준단다.

우리 함께 이 문제에 관해 좀 생각해 보도록 하자.

너희처럼 젊은 사람들은 진정한 사랑과 단순한 성적 매혹, 또는 일시적 사랑의 열광을 어떻게 구별하는지 잘 모르고 있는 것 같다. 너희는 아마 성적으로 매력을 느끼는 남성을 많이 만났을 것이다. 당연한 일이지만, 여성이 가지고 있는 성적 능력은 민감하여, 마치 종을 치면 울리듯이 자극을 받으면 곧바로 반응을 일으키게 된다.

그런데 진정한 사랑이란 그처럼 가벼운 것이 아니란다. 그

것은 손으로 잡을 수도 좀처럼 설명할 수도 없는 미묘한 감
정이다. 그리고 사랑의 기쁨은 그 어느 것과도 비교될 수 없
지.

일시적인 사랑에 빠져 있을 때, '이거야말로 진실한 사랑이
구나' 하고 착각하게 될지도 모른다. 그러나 그러한 사랑은
아무리 일시적으로 뜨겁게 달아오른다고 하더라도, 몰아닥치
는 시련에는 견디기가 어렵단다. 분명히 그것은 육체와 감정
의 열병 외엔 아무것도 아니란 것을 명심해야 한다. 본인은
그것을 참사랑이라고 여길지 몰라도, 그러한 사랑은 시간과
더불어 사라져 갈 뿐, 결코 더욱 강해지는 일은 없다.

예나 지금이나 참사랑과 일시적인 감정의 유희를 구별하는
가장 좋은 방법은 시간 테스트 방법일 것이다. 옛 속담에 '서
둘러서 결혼하면 천천히 후회하게 된다'라는 말이 있는데, 여
기에는 매우 실제적인 교훈이 담겨져 있지. 시간이 흘러가면
서 점점 사랑이 더해지느냐 줄어드느냐에 따라서 참사랑인지
아닌지를 구별하는 것이지.

진실한 사랑이 가져다 주는 것

그런데 곤란한 것은, 실제로 자기 자신이 직접 사랑을 체험

사랑은 인간의 주성분이다. 인
간의 존재와 같이 사랑은 완전
무결하게 존재하고 있으며, 무
엇 하나 더 보탤 필요가 없는
것이다.

J. C. 피히테

해 보지 않고서는 그것이 참사랑인지, 혹은 거짓 사랑인지를
구별하기가 좀처럼 쉽지 않다는 점이다. 사람들에게서 듣거나
책을 통해 읽는 것 말고는 직접 경험이 없는 가운데서 어떻
게 그것을 정확히 구별해 낼 수 있겠니?

그러니 몇 번이고 '나는 이 남자를 사랑하고 있다'고 생각
한다거나, 아니면 '이것은 연애가 아니고 순수한 호의'라고 생
각할 수도 있겠지.

이러한 차이까지도 직접 경험해 보기까지는 판단이 서지 않
는단다. 그런데 그것을 구별할 수 있는 방법 몇 가지를 엄마
가 알려줄 테니 잘 들어 보렴.

만일 참사랑이라면 거기에는 반드시 다음과 같은 다섯 가지
항목이 발견될 것이다. 너희가 누군가를 '사랑하고 있다'고 믿
기 전에 다음에 열거하는 사항들을 확인해 보면 좋을 거야.

① 얼마나 정직한가 / 우선 너희가 그 사람을 진정으로 정직
하게 대하고 있는지를 살펴보도록 해라. 그리고 상대방의 흥
미나 애정을 끌고 싶다는 일념으로 외모에만 신경을 쓴다거
나 잔재주를 부리고 있지는 않은지? 그 사람에게 너의 참모습
을 보여 주었는지? 아니면 너밖에 모르는 네가 꾸며낸 모습을

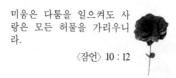

미움은 다툼을 일으켜도 사
랑은 모든 허물을 가리우니
라.

〈잠언〉 10 : 12

보여 준 것은 아닌지?

불행하게도 우리 여성들은 오랫동안 남성에 대해서 자신의
감정을 위장해 보이도록 길들여져 왔다. 그러나 이것이 자신
에게 무서운 올가미가 되는 경우가 있단다. 여성으로서 감정
적·지적으로 상대방 앞에서 정직하게 행동할 필요가 있음을
알아야 한다. 그렇지 않고 그를 잃지 않기 위해 자신의 감정
을 위장하게 되면, 오히려 그 사랑이 지속되기 힘들게 된다는
사실을 알아야 한다. 상대에게 정직하고 자연스럽게 대할 때
그 사랑도 지속될 수 있다는 사실을 너희가 안다면 아마 깜
짝 놀랄 것이다.

② **사랑의 성채 쌓기** / 두 사람이 서로 사랑하는 정도가 동등
하고, 서로에게 정성을 다하고 있는지? 아니면 한 사람은 주
기만 하고, 또 한 사람은 오직 받기만 하는 것은 아닌지?

캔디를 정확히 두 쪽으로 잘라 나누듯이 그렇게 언제나 정
확히 반반이어야 한다는 말은 아니다. 상대방이 바라는 것이
나 필요로 하는 것을 서로 아낌없이 주고받을 수 있으면 된
다고 생각한다.

크든 작든, 사랑하는 사이에 서로 '주고받는다'는 것은 마치

사랑은 죽음같이 강하고, 투기
는 음부같이 잔혹하며 불같이
일어나니 그 기세가 여호와의
불과 같으니라.

구약성경 〈아가〉 8 : 6

성채의 벽돌과도 같단다. '주고받는' 작은 사랑의 벽돌을 한
개씩 쌓아 올릴 때 — 이 때 벽돌 사이에 정직성이라는 시멘
트로 단단히 고정시켜야 함은 물론이지 — 비로소 사랑이라
는 이름의 견고한 성채가 축조되는 것이지.

　③ **날로 성장하고 있는가** / 시간의 흐름과 함께 너와 상대방의
관계가 점점 더 성장 발전하고 있는지 살펴볼 필요가 있다.
진정한 사랑은 아주 풍성한 힘을 낳는다. 그래서 사랑의 힘은,
수학에서처럼 하나 더하기 하나는 둘이 아니라 열, 또는 스물
이 되기도 한단다.

　진실한 연인 사이의 연대 관계는 우리를 지탱시켜 주는 힘
이 된다. 그것은 부유할 때나 가난할 때나, 건강할 때나 병들
었을 때나, 기쁠 때나 슬플 때나, 좋을 때나 나쁠 때나를 막
론하고 두 사람간의 사랑을 변함없이 지속시켜 주는 하나의
끈이지.

　④ **서로에게 있어 얼마나 소중한 사람인가** / 좀 우스운 질문이
지만, 사랑하는 사람이 난관에 봉착했을 때 너희가 본능적으
로 그를 지켜 줄 마음이 우러나는지, 그리고 반대의 경우, 그

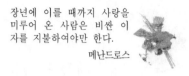

사람 역시 본능적으로 너희를 지켜 주려고 하는지 묻고 싶구
나.

　이런 소박한 질문에 대해 어떤 대답이 나오느냐에 따라 너
희의 인생에 있어서 그 사람이, 또 그 사람의 인생에 있어서
네가 과연 얼마나 소중한 사람인가를 알 수 있지.

　⑤ **마음의 평안** / 사랑에는 말로 표현하기 힘든 부드럽고 따
뜻한 위로가 담겨 있다. 굳이 이야기를 하지 않아도 서로를
이해할 수 있지. 사랑하는 사람이 곁에 있어 주기만 해도 마
음이 든든하고, 그 사람이 이 세상에 존재한다는 사실만으로
도 눈물이 나올 정도로 즐겁단다. 그것은 성(性)을 초월하는
거야. 무엇보다도 마음 속에 이러한 평안이 있어야만 성의 영
위도 즐거운 것이 되지.

　사랑하는 남성을 만나게 된 여성들은 이렇게 이야기를 하곤
하지.

　"인생이 이토록 평온한 위로로 가득 차 있는지 미처 몰랐어
요."

　나는 이 말을 이렇게 해석하고 싶구나.

　'바람직하지 못한 인연은 곧잘 긴장하거나 화를 내게 되고

사랑의 불길은 그것을 알아차
리기 전에 이미 마음을 태우고
있다.

마르그리트 드 나바르

반복되는 타협으로 인해 매우 피로하지만, 반대로 진정한 사랑을 토대로 이루어진 만남은 사고 방식이나 감정의 상성(相性)이 좋고, 서로를 잘 이해할 수가 있어서 만족스런 기분으로 살아갈 수 있다.'

훌륭한 사랑은 굳건한 우정을 낳는다

사랑은 계속 성장하여 아름다운 꽃을 피운다. 그리고 다행스럽게도 이 꽃은 결코 시드는 법이 없지. 참사랑인지 어떤지를 확인할 수 있는 방법은 역시 시간과 헌신이 아닌가 싶다.

아일랜드의 시인 토머스 무어는 사랑을 다음과 같이 표현했다. 이것은 폐결핵으로 인해 자신의 아름다움을 잃게 되면 남편의 사랑을 잃을지도 모른다는 불안감에 싸여 있는 자기의 아내에게 보낸 시야.

믿어 주오
오늘 사랑스런 당신의 고운 얼굴이
내일 일그러져 변한다 해도
요정이 내린 짓궂은 선물처럼
꿈으로 사라진다 해도

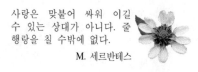

그대는 나의 보배, 내 사랑 변치 않으리

어여쁜 고운 자태, 변하려면 변하라지
내 혼은 푸른 담쟁이덩굴되어
그대의 폐허 덮으리라
그대 향한 이 뜨거운 마음
아름다울 때만의 것일쏘냐
그대의 뺨이 눈물에 젖어 있을 때도
내 사랑 변함없으리

진실한 사랑을 아는 나는
그대를 잊지 않을 거라네
그저 영원히 사랑할 뿐
태양을 도는 꽃
태양이 지거나
태양이 솟아나는 아침에나
빛과 향기 변함없듯이.

이 시는 좀 고풍스럽긴 하지만, 거기에 담긴 감정만은 시가

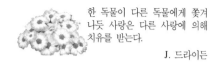

씌어진 그 당시에나 지금이나 변함이 없다고 생각한다. 그러
나 계속해서 늘어나는 최근의 이혼율을 보면, 이제 사람들이
영원한 사랑 따위는 믿지 않게 된 것이 아닌가 하는 생각이
들 때도 있다.

현명한 배우자를 고르기 위해서는, 평범한 말이겠지만, 먼저
자기 자신에 대해 잘 알고 자존심과 상식을 지니는 일이 중
요하다. 직관력을 충분히 활용하여 자신의 애정의 성격을 잘
파악하면 건전한 사랑으로 이끌어 갈 수 있을 것이다.

또한 시간도 필요할 것이다. 서두르지 않고 상대방을 면밀
히 관찰해 보는 것이 중요하다. 그러다 보면 자신도 모르는
사이에 성장하게 되어, 진정한 사랑이 무엇인가에 대해서도
알게 될 거야.

소설이나 영화 속에서는 남자 주인공과 여자 주인공이 만나
자 마자 첫눈에 반해 버려 곧바로 사랑의 불꽃을 태우곤 하
지. 그러나 실제 생활에서는 그렇게 첫눈에 반하는 경우는 거
의 없지 않겠니?

대개는 우정으로부터 사랑의 싹이 돋아나기 시작한단다. 누
군가에게 한눈에 반해 버리는 경우가 있긴 하지만, 그러한 감
정이 다소 진정되고, 보다 면밀히 알아보는 단계에 들어서게

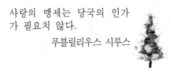

되면 여러 가지 놀랄 일이 생기게 되지.

　사랑을 하면서 두 사람의 관계를 분석해 보는 사람은 아마 없을 것이다. 사랑에 빠져 다시 이성을 되찾게 되기까지는 누구나 자신의 감정에 맹목적이 되기 때문이지. 하지만 그 사랑이 진실된 것이라면, 이윽고 그 사랑과 함께 진정한 우정도 함께 싹틀 것이다. 한번 생각해 보거라. 너희와 친구가 될 수 없는 남성과 어떻게 일생을 함께 살아갈 수 있겠니?

　상대방과의 관계를 너희 자신이 어떻게 느끼고 있는지 잘 관찰하는 것도 중요하다. 처음에 사랑에 빠지게 되면 누구나 정신이 혼미해져 판단력을 잃게 되는 법이다. 하지만 그것이 바람직한 연애 관계라면 머지않아 마음의 안정을 되찾을 수 있게 되지. 혼자가 아니라 둘이라고 생각하면 마음이 든든해지는 거야. 영혼과 영혼의 결합으로 마음이 채워지고 풍요로워지게 되지. 그렇게만 된다면, 설사 어떤 난관이 몰아닥친다 해도 두 사람의 마음이 서로 분리되는 일이 없게 된단다.

　엄마가 지금 무슨 말을 하고 있는지 너희가 잘 모를지도 모르겠구나. 하지만 곰곰이 생각해 보면 아마 이해할 수 있을 거야.

　사랑을 배운다는 것은 훌륭한 인생 공부야. 게다가 인생의

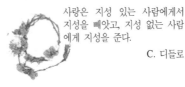
사랑은 지성 있는 사람에게서 지성을 빼앗고, 지성 없는 사람에게 지성을 준다.

C. 디들로

가장 즐거운 경험이기도 하지.

너희는 앞으로 인생을 살아가면서 갖가지 사랑의 빛깔을 경험하게 될 것이다. 사랑에는 모험이, 정열이, 신비가, 무상함이, 기쁨이, 슬픔이 모두 포함되어 있으니까.

엄마는 너희가 강함과 자기 나름의 여자다움을 잘 익혀, 변치 않고 영원히 사랑할 수 있는 사람을 선택해 준다면 좋겠어. 그리고 너희가 사랑하는 그 사람이 너희를 깊이, 그리고 언제까지나 사랑해 주는 사람이기를 바란다.

딸들의 생각

사랑이란 '사람들을 행복하게 하는 것', 그리고 또한 '함께 있는 것'을 의미하는군요. 앞으로 저에게 사랑하는 사람이 생기게 되면 그를 믿고 일체가 되도록 노력하겠어요.

— 시시

사랑과 다른 것과의 구별은 참으로 어려운 것 같아요. 누군가에게 안겨 보고 싶은 충동과 사랑, 그리고 서로에게 몰두하여 빠져

있는 것과 사랑을 어떻게 구별해야 할지 정말 애매 모호해요. 그
리고 '아이스크림이 좋아'라는 말과 '당신이 좋아'라는 말은 아주
큰 차이가 있는데도 똑같이 '좋아'라고 표현하다니! 태초부터 있
어 온 이 '사랑'이란 것이 정말 어떠한 것을 의미하는지, 좀더 명
확한 정의를 내려야 할 것 같아요.

— 브론빈

지혜로운 어머니가 사랑하는 딸에게 보내는 31가지 삶의 이야기

성(性)을 바르게 생각한다

서로 이해하며, 애정을 길러 온 남녀의 자연스런 화합

너희는 성에 대해 어느 정도나 알고 있는지 모르겠다. 성이 인생에 있어서 소중한 것 가운데 하나임에도 불구하고 부모들이 그에 관한 지식을 자녀들에게 충분히 채워 주고 있지 않다는 것은 정말 슬픈 일이 아닐 수 없다.

어느 정도의 성 지식을 알고 있던 이 엄마도, 세상의 모든 아버지와 어머니들을 당혹하게 하는 기이한 현상에 발목이 걸리고 말았지. 자녀들에게 있어서 성이 중대한 의미를 갖기 시작할 무렵이 되면, 그들은 그 문제에 관한 한 부모의 접근을 기피한다는 점이야.

대여섯 살 정도가 되면 부모에게 성에 대한 이런저런 질문들을 하고, 열 살쯤 되면 자기보다 성에 대해 무지한 친구에게 의기 양양하게 성 지식을 알려주곤 하던 아이들이, 열세 살만 되면 그런 이야기에 숨이 막힐 듯한 얼굴을 하는 거야. 자기 엄마가 사랑이나 성욕에 대한 이야기를 꺼내면, 딸들은 이런저런 핑계를 만들어 그 자리를 피하려 들지. 부모와는 절대로 그런 이야기를 할 수 없다는 듯이 말이다.

엄마가 이 글을 쓰기 시작할 무렵, 너희가 남자 친구에 대해 큰 관심을 갖고 있다는 것은 알고 있었지만, 너희가 이 성에 관해서 구체적으로 어떻게 생각하고 있는지는 잘 몰랐었

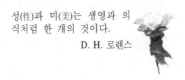

성(性)과 미(美)는 생영과 의
식처럼 한 개의 것이다.
　　　　D. H. 로렌스

다. 엄마가 그런 이야기를 꺼내기만 하면 너희는 둘 다 반드
시 밖으로 빠져나가곤 했거든.

그 때 이 엄마는 엄마의 말하는 방법이 나빴는가 하여 당황
했었다. 그런데 다행히도 이렇게 너희가 십대의 중반에 들어
서면서부터 이전보다 엄마의 말을 많이 들어주더구나.

엄마가 어렸을 적에는, 표면적으로 성이라는 것이 존재하지
않았단다. 그에 대한 토론은 감히 생각도 못 해 보았고 말이
다. '정숙한 아가씨'는 성에 관해 이야기하거나, 알고 싶어하
거나, 생각하거나 하지 않는 것으로 되어 있었기 때문이지.

그 때 우리는 여자 아이가 적극적으로 나서면 절대 안 되는
것으로 믿고 있었단다. 그래서 오로지 수동적으로 남성이 접
근하기만을 기다리고 있었지. 그러니까 그 시절의 여자들이란
아주 막연하고 심한 욕구 불만 속에서 지냈던 것이지. 성에
관해 알고 싶은 마음이 있으면서도, 그런 생각 자체에 죄책감
을 느꼈어.

그 때는 성에 관한 정보 따위는 도저히 손에 넣을 수가 없
었단다. 지금은 서점이나 도서관에 갖가지 성에 관한 책들이
준비되어 있지만, 그 땐 그렇지가 않았어.

도덕·종교·부모·사회로부터의 압력은 남성들에 비해 우

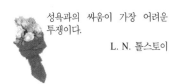

성욕과의 싸움이 가장 어려운
투쟁이다.

L. N. 톨스토이

리 여성들에게 훨씬 많이 가해졌지. 여성에게는 아주 엄격하
고 남성에게는 관대한 이중 구조의 도덕 기준이 있었기 때문
에, 남성은 마음대로 돌아다니며 놀 수 있었고, 성 체험도 흠
이 아니었다. 하지만 우리 여성에게는 그것이 엄격히 금지되
어 있었던 거야. 그런 남녀 형평에 어긋나는 규제가 아무런
비판도 없이 받아들여졌었단다.

성은 남성만의 특권이 아니다

이제 너희에게 엄마 세대에 있었던 기이한 풍습 한 가지를
들려 주마. 그 땐 모든 특권이 남성들에게만 있었지. 여성들
은 오직 그들을 이해해 주고, 일심으로 그들이 요구하는 대로
행동해야 한다고 믿었단다. 그리고 남성이라면 무조건 존경의
눈으로 우러러보도록 우리 여성들은 가르침을 받아 왔지. 지
능지수나 지식에는 상관없이, 상대가 남성이면 무조건 '당신
은 훌륭하다'고 말하도록 배웠어.

"남성에게 자꾸 훌륭하다는 말을 되풀이하여 그의 기분을
살려 주어야 한다. 그리고는 그 자신의 이야기만 하도록 분위
기를 조성하는 거야. 그 때 너는 감탄의 눈초리로 그의 말을
들어주기만 하면 된다. 그렇게 하면 마침내 그는 네가 마음에

들어 데이트 신청을 할 거야."

이런 식으로 교육받았던 거지.

얼마나 우스꽝스러운 방법이니? 결국, 자기와 공감대를 형
성할 수 없는 사람을 상대로 시간을 헛되이 소비하면서 마음
에도 없는 대화를 나누게 되는 것이지. 왜 이런 위장 교제가
이루어져야만 했는지 모를 일이야.

그런데 불행하게도 이런 좋지 못한 습관이 아직도 얼마쯤
남아 있는 것 같다. 아마 그것은 십대 소녀와 소년의 경우,
성에 대한 생각 자체가 크게 차이 나기 때문일 거야. 여자 아
이는 아직도 '로맨틱한 감정'을 성과 동일시하는데, 남자 아이
에게 있어서의 성이란, 육체적인 관계까지도 단순히 '경험해
보는 것'에 지나지 않거든.

여성이 남성만큼 성에 대한 욕망이나 흥미가 없다는 말은
아니다. 너희 또래의 여자 아이는 남자 아이들이 생각하는 구
체적인 성욕보다는 로맨틱한 감정 쪽에 보다 마음이 기운다
는 뜻이야.

물론 이러한 남녀간의 성에 대한 차이가 언제까지나 지속되
는 것은 아니다. 남성과 여성 모두 정신적으로 육체적으로 성
장하여 결혼할 나이가 되면 어느 정도 비슷해지지만, 어쨌든

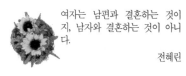

여자는 남편과 결혼하는 것이
지, 남자와 결혼하는 것이 아니
다.

전혜린

너희와 같은 십대의 청소년들은 앞에서 말했던 것과 같은 차
이가 있단다.

이 위험한 시기를 무사히 넘길 수 있는 비결을 너희에게 제
시해 주면 좋으련만, 안타깝게도 그런 비법은 없구나. 그래서
성에 관해 무엇을 어떻게 선택해야 하는지를 이야기하도록
하겠다. 너희에게 도움이 되었으면 한다.

직관으로 인간성을 간파한다

너희는 남자, 아이를 사귀려고 할 때 어떤 식으로 결정하는
지 모르겠구나. 혹시 여자 친구들을 선택할 때와 같은 기준으
로 선택하는 건 아니니?

참으로 어려운 일이다. 왜냐 하면 너희 또래의 여자 아이는
무작정 남자 친구를 갖고 싶어하는 경향이 있거든. 상대가 누
구라도 상관이 없는 것이지. 남자 친구는 그 자체가 흥미의
대상이니까, 여자 친구하고는 다른 매력이 있지. 데이트할 때
리더 역이 되곤 하는 남자 친구는 여자 아이로서 한 번쯤 유
혹해 보고 싶은 존재이지.

엄마가 너희에게 가장 먼저 해 주고 싶은 충고는 자신의 직
관력을 신용하라는 것이다. 선과 악, 현명함과 어리석음 등을

정확히 분별해 주는 마음 속의 속삭임에 귀를 기울이도록 해
라.

그래서 어딘가 조금이라도 네 마음에 걸리는 점이 있으면,
그 상황을 과감히 피해 가도록 해라.

만일 너희의 직관이 '저 사람은 어딘지 모르게 마음에 걸려'
라고 알려주면, 그 사람의 어디가 어떻게 나쁜지 분명치 않더
라도 생각을 바꾸는 게 좋다.

마음의 소리는 놀라울 정도로 정확하여, 그대로 따르면 대
단히 유용하단다.

남성이건 여성이건 친구를 올바로 선택할 수 있게 되면, 인
생의 또 다른 분야에서의 선택은 아주 쉽단다.

이 세상에는 믿을 수 있는 사람도 있지만 그렇지 못한 사람
도 있다. 너희가 만일 신용할 수 있는 사람과 함께 산다면 평
화로움을 느낄 수 있지만, 반대로 신용할 수 없는 사람과 함
께 산다면 항상 고민하게 되고 큰 혼란이 생기게 되지.

따라서 사람을 정확히 분별할 수 있는 눈을 갖도록 노력하
자. 자신을 소중히 여기고, 항시 최상의 것을 찾아야 한다. 남
자 친구를 선택할 때도 여자 친구의 경우와 마찬가지로 사람
됨됨이를 유심히 살펴야 한다.

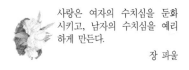

그러려면 항시 눈과 귀를 똑바로 열어야 한다. 현실을 간과
하지 말자. 남자를 만날 때에는 그의 이야기와 행동 하나하나
를 잘 살펴보아서 네 남자 친구가 될 수 있는지 어떤지의 평
가 기준으로 삼아야 할 것이다.

성(性)은 참된 애정의 결과로 생겨나는 것이다

언제쯤 성 체험을 하는 것이 좋을까? 성을 언제 어느 정도
까지 경험하느냐는 사람마다 각기 다르단다. 자신이 생각하기
에, '지금이 가장 알맞고, 이 사람과 그 경험을 나누는 것이
가장 좋다'라고 생각할 때가 있으면, 그것이 바로 가장 적합
한 시기이지. 그러나 잠자리를 함께 하는 이상은 너희를 진정
으로 인정해 주고 사랑해 주는 사람, 즉 평생 반려자여야만
돼.

우리는 성 문제에 대한 사회적인 압력이나 친구로부터의 압
력에 어떻게 응해야 할까? 성은 호흡과 마찬가지로 지극히 자
연스러운 것이긴 하지만, 그렇다고 해서 결코 단순한 것은 아
니야.

너희들 나이에 있어서 성이란 그야말로 알쏭달쏭하고 이상
한 것이지. 현대 사회에도 성의 압력은 어느 정도 있다고 생

다른 사람으로부터 사랑받
지 못하는 사람은 다른 사
람을 사랑하지 않는다.
　　　　　라파데르

각한다. 이러한 성적 압력에 대처하는 최상의 방법은, 성의
자연성을 인정함과 동시에 그 압력이 어디로부터 오는 것인
가를 간파하는 것이다. 너희의 세대에서 문제가 되는 것은,
성에 관한 선택이 자연적인 과정에서 벗어나 실용주의적인
방향으로 격하된다는 데 있다는 생각이 든다.

　엄마의 세대에 머리를 들기 시작한 성 혁명은, 어쩌면 의도
했던 바와는 반대 방향으로 흘러가는 것이 아닌가 하는 생각
이 든다. 그리고 그것이 젊은 사람들에게 지금까지보다 더한
성적 압력을 가하고 있는 것 같기도 하고 말이야.

　엄마 세대가 표방했던 성 혁명은, 남녀의 관계가 진정한 의
미에서 친밀해지는 것이었다. 그런데 오늘날에 와서는 성에
대한 의식이 사람과 사람간의 관계가 아닌 전연 별개의 것으
로 되어 있으니 참으로 불행한 일이 아닐 수 없다.

　너희와 같은 십대의 딸들에게 엄마가 해 주고 싶은 말이 있
어. 성의 미로에 빠져 방황하지 않으려면, 친구로서의 남자를
제대로 이해하라는 것이다.

　남자 친구와 사귀다 보면, 그들을 통해 너희는 자기 자신을
보다 깊이 이해할 수 있게 될 것이다. 물론 남성들의 여성에
대한 감정이나 욕망도 알 수 있게 되지.

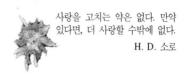

남녀의 우정이 싹터 그것이 자라게 되면, 자연스러운 결과로서 성적 결합으로까지 확대되어 가는 수가 있는데, 결혼 전의 성 관계는 피해야 할 일이야.

상대로부터 성적인 결합을 강요당하는 데 왠지 어색하기만 하여 마음에 내키지 않는다면, 그는 네가 원하는 진정한 남자가 아니라는 증거야.

상대방의 속도에 너희가 발을 맞출 수 없다고 생각될 때에는, 당연히 너희가 생각하는 바를 그에게 주장할 필요가 있다.

자신의 몸을 다른 남성과 결합한다는 것은 아주 중요한 문제야. 따라서 그렇게 해도 좋을 만한 사람, 즉 너희를 진정으로 아끼고 사랑하고, 너희의 인생을 책임질 수 있는 사람에게만 허용되어야 한다. 그렇지 않고, 호기심과 일시적인 흥분에 젖어 그것을 요구해 올 경우, 너희는 그것을 과감히 뿌리칠 수 있어야만 한다. 세상에는 일시적인 쾌락의 유혹을 뿌리치지 못하여 평생을 두고 후회하며 사는 사람이 많다는 사실을 명심하도록 해라.

먼저 우정을 길러라

화학이나 물리는 공부하면 알 수 있고, 디즈니랜드는 가 보

사랑은 만남이다. 진리와의
만남, 사람과의 만남. 만남
을 소중히 여기자.
　　　　　　임옥인

면 알 수 있지만, 성은 그렇지가 않단다. 성은 느끼는 것에서
기쁨을 얻는 것이니까 말이야. 그 기쁨은 인간의 성장에 중요
한 의미를 지니고 있지.

성에 관해 공부하려면 충분한 시간이 필요하지. 우정과 사
랑으로 출발하여 결혼을 하고 성적인 친밀성으로 이어진다면,
이는 자연스러운 진전이라고 할 수 있지. 성은 결코 책임질
수 없는 일을 저지르고 도망쳐 버리는 뺑소니 사고와 같은
것이 아니야.

분명히 말해서 너희들 나이에 남자 친구와 잠자리를 함께
한다는 것은 어울리지가 않아. 요즘 젊은이들 가운데 단지 자
기의 성 경험을 친구에게 자랑하기 위해서 유흥으로 그런 행
동을 하는 사람이 있다는 얘기를 들었다.

이것은 불행의 늪에 빠지는 일이야. 자연스런 흐름에 조화
를 이루지 못하는 성은 기쁨을 느낄 수가 없거든. 설마 엄마
의 이러한 말이 시대에 뒤떨어졌다고 생각하진 않겠지? 엄마
가 지금 무얼 말하고 있는지 너희가 이해했을 줄 믿는다.

성의 탐구는 우선 남자 친구를 충분히 이해하고 우정을 키
우는 일부터 시작되어야 한다. 그렇지 않고 처음부터 성적인

참다운 사랑은 유령의 출현과
도 같다. 모두가 그 얘기를 하
지만 그걸 본 사람은 거의 없
다.

F. 라 로슈푸코

것을 염두에 두고 만나는 행위는 아주 위험해.

충분한 사전 준비도 갖추어지지 못한 상태에서 사건에 휘말
려 들어가지 말고, 마음 속 깊은 데서부터 우러나오는 누군가
에 대한 육체적인 친밀감을 느끼게 될 때까지 기다리게 되면
모든 것은 자연스럽게 흘러가게 될 거야.

딸들의 생각

저는 여러 가지 걱정되는 일이 많아요. 아무것도 모르는 저희는
성에 대한 이러저러한 많은 이야기를 듣게 되지요. 우선 학교의
선생님은 의학적인 차원에서 이야기를 해 주시죠. 신체의 구조에
관해서는 책에서 배우고요. 그리고 외설적인 영화나 잡지를 보다
보면 혐오감이 느껴져서 성은 아주 나쁜 것처럼 생각돼요. 마음이
몹시 혼란스러울 때가 많아요.

— 로라

"엄마, 저는 어디에서 나왔어요?" 하고 물으면, "다리 밑에서 주
워 왔단다" 하고 대답하는 부모들이 많은데, 이런 말도 되지 않는

나무의 기둥을 사랑하는 사
람은 그 나뭇가지까지도 사
랑한다.

J. B. P. 몰리에르

이야기는 안 했으면 좋겠어요. 부모는 자식들한테 진실만을 이야
기해야 한다고 생각해요.

— 브론빈

성은 두 사람만의 문제이기 때문에 게시판에 커다랗게 붙여 놓
는 광고 따위가 될 수 없다고 생각해요. 두 사람 사이에 생긴 일
을 다른 사람들이 알고, 그것에 대해 일일이 간섭해서는 안 된다
고 생각해요. 그것은 두 사람만의 특별한 것이잖아요.

— 지지

성은 아름다운 것이라고 생각해요. 하지만 엄마 말씀대로 자신
에게 알맞은 시기를 선택해야 하지요.

신체적으로나 정신적으로, 15,6세에 어른이 되는 사람이 있는가
하면, 20대가 되어야만 비로소 어른이 되는 사람도 있을 거예요.
결혼하고 나서야 어른이 되는 사람도 있을 거고요.

낡은 도덕관을 가진 사람도 있고, 성을 두려워하는 사람도 있지
만, 요즘은 옛날에 비하면 성에 대해 어느 정도 솔직하고 개방되
어 있는 것 같아요.

— 브론빈

행복한 결혼 생활을 위하여

그와 함께라면 '성장하고 나눠 갖는 기쁨'을 가질 수 있을까?

엄마가 어렸을 때에는, 성에 관한 이야기는 절대 입 밖에 내서는 안 되는 것으로 여겨 금기시했단다. 그래서 많은 처녀들이 성에 대한 흥미만으로 잘못된 결혼 생활을 하고, 그것을 사랑을 위한 결혼이라며 자신을 속이곤 했지.

자기의 집이 싫어 집으로부터 벗어나기 위해 결혼했다느니, 어른이 되어 보고 싶어서 결혼했다고 하는 사람도 있었지. 또 어떤 아가씨는, 여자는 어차피 시집을 가야만 하니까, 부모님이 손자를 보고 싶어하니까, 혼자서는 먹고 살 능력이 없으니까 하며 결혼을 하기도 했어.

그리고 옛날에는 본인의 의사와는 무관하게, 부모님이 일방적으로 딸이나 아들에게 배우자를 골라 주어 일족의 번영을 꾀하는 수도 있었다.

이처럼 그릇된 이유로 서둘러 결혼하게 되면 '천천히 후회하는' 결과를 낳게 된단다. 그 결과 이혼이라는 인생의 파멸로 치닫게 되거나, 아이들 때문에 어쩔 수 없이 참고 살아가야 하기도 하지.

멋진 결혼은 살아가는 기쁨을 두 배로

너희 세대야말로 역사상 처음으로 이유를 그르치지 않고 결

결혼은 젊어서 하면 너무
이르고, 나이 들어서 하면
너무 늦다.
　　　　디오게네스

혼할 수 있는 기회를 혜택받고 있는 것이다. 빛나는 미래라고
생각지 않니? 결혼이라는 제도가 오랜 동안 많은 변화의 과정
을 겪었고, 그럼에도 아직 살아 남아 있는 것은, 평범하지 않
은 그 어떤 장점이 있기 때문이라고 믿는다.

　그럼 지금부터 결혼이라는 제도에는 어떤 장점이 있으며,
동거하고 있는 사람이 왜 최종적으로는 결혼이라는 형태를
취하고 싶은지, 그에 대해 구체적으로 설명해 보도록 하겠다.

일체감 / 좋은 인연으로 맺어진 부부는 웬만한 고생이나 말
다툼, 그리고 불만 따위로는 쉽게 금이 가지 않는다. '함께 있
다'는 사실 하나만으로도 만족스런 느낌을 갖기 때문이지.

　말로 표현하기는 어렵지만, 다른 사람과 함께 세상을 살아
가고, 배우고, 성장한다는 것은 여간 즐거운 일이 아니지. 부
부 사이에는 언어보다 더 좋은 그 어떤 커뮤니케이션이 있는
거야. 오랫동안 함께 살면서도 따분하지지 않고, 오히려 점점
삶이 풍요로워진다고 생각할 때, 세상에 이 결혼만한 것이 어
디에 있겠니?

결혼 생활의 성 / 자신이 결정하고 선택하여 정신적으로 깊이

꿈 속에 있는 것이 연인들이고
꿈에서 깨어난 것이 부부이다.

A. 포프

사랑하고 있는 사람과의 성생활은 그렇지 못한 사람과의 성
생활보다 당연히 멋지지 않겠니?

서로 상대방이 무엇을 원하는지 본능적으로 알아차릴 수 있
을 정도로 친밀한 사이가 되고 유대가 깊어짐에 따라 그만큼
성의 만족도 커져 간단다.

결혼을 하게 되면 성이 많이 변한다고들 말하는데, 사실 그
말이 맞는 것 같다. 나쁜 쪽으로 변하는 게 아니라 좋은 쪽으
로 말이야. 결혼을 하게 되면 회오리바람과 같은 열광적인 흥
분은 줄어들지만, 욕망이나 기쁨은 오히려 더욱 증가한다고
생각한다.

서로 사랑하는 두 사람이 오랜 세월을 살다 보면, 거칠고
정열적으로 사랑할 때도, 부드럽게 위로하는 때도, 가까이 있
기만 해도 좋은 때도, 그 밖의 또 다른 경우도 있을 수 있겠
지. 그러나 이러한 모든 경우는 사랑의 울타리 안에서만이 보
호받을 수 있다는 사실을 알아야 한다.

입장의 선택 / 한 사람의 남성에게 자신을 정착시킨다는 것
은 현실적으로나 철학적으로 매우 흥미 있는 일이 아닐 수
없다. 결국 스스로가 원해서 그렇게 된 것이지. 자신이 그렇

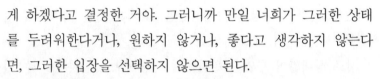

불행한 결혼의 대부분은, 당사자 중 한 사람이 연민의 기분에 의해 결혼한 경우이다.

H. M. 몽테를랑

게 하겠다고 결정한 거야. 그러니까 만일 너희가 그러한 상태를 두려워한다거나, 원하지 않거나, 좋다고 생각하지 않는다면, 그러한 입장을 선택하지 않으면 된다.

그러나 결혼을 선택하여 그것에 열중하는 사람에게는 많은 대가가 있지. 우선 안정감과 신뢰감이 찾아온다. 부부는 육체적·정신적·감정적으로 하나가 되어 일생을 보내기 위해 결혼한 것이므로, 두 사람 분의 힘과 지성과 에너지와 장래에 대한 전망을 하나로 합쳐서 미래를 창조할 수 있지. 결혼이란, 서로 길에서 스쳐 지나가는 그런 만남이 아니야.

결혼을 하여 두 사람의 마음이 하나로 합쳐지게 되면, 어떠한 불행이나 고난도 극복해 나갈 수 있다고 생각한다. 그만큼 두 사람의 힘이 하나로 결집되게 되면 강한 거야.

언젠가 엄마는 너희 아버지와 심한 말다툼을 한 적이 있다. 그 때 두 사람은 서로 한 발짝도 양보하지 않았지. 우리는 할 말을 모두 상대에게 쏟아 놓고 침실에서 서서 서로를 노려보고 있었단다. 그런데 어느 한쪽도 먼저 침실 밖으로 나가려고 하질 않았어. 한참 후, 네 아버지께선 이렇게 말씀하시더구나.

"자, 이제 우리가 어떤지 알았지? 두 사람 모두 나가려 하지 않는다는 걸 말이야. 나가면 그것으로 끝장이기 때문이지."

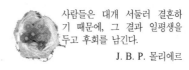

그래, 아버지와 엄마의 유대와 사랑이 당장의 분노보다 훨씬 중요했던 거야.

네 아버지의 이러한 말씀은, 결혼이라는 입장을 선택한 사람들의 본심을 이야기하는 것처럼 생각되었어. 이처럼 마음속에 파괴의 압력이 강하게 가해지고 있는 때에도 우리는 두 사람간의 유대를 끊는 행동을 취할 수가 없었던 거야. 이것은 사랑과 믿음으로 맺어진 만남이기 때문이지.

성장 / 많은 사람이 결혼 생활에는 권태기가 따르게 마련이라고 말하곤 한다. 그래서 흔히들 "그 어떤 사람도 평생 동안 한 사람에게만 흥미를 가질 수는 없는 일이다. 살다 보면 언젠가는 싫증이 나게 되어 있다"고 말하곤 하지.

그러나 엄마는 그렇게 생각하지 않는다. 아내가 되었다고 해서 일생을 고정된 틀 속에서만 살아가는 것은 아니거든. 시간과 더불어 경험을 쌓아 가고, 그와 더불어 성장하고 배우고 변화해 가는 것이지.

마찬가지로 남편도 변해 간다. 변하지 않고 그 자리에 머물러 있으란 법은 그 어디에도 없어.

너희의 배우자에 관해 하나에서 열까지 모두 알려면 아마

사랑은 사람을 맹목으로 만
들지만, 결혼은 시력을 되찾
아 준다.

G. C. 리히텐베르크

평생을 가지고도 부족할 거야. 자기 자신에 대해서도 마찬가
지야. 부부 생활을 하는 동안, 서로를 이해하고 서로를 알아
야 할 일은 태산처럼 많지. 두 사람 사이가 좋으면 좋을수록
이해도 깊어지고 사랑도 깊어 가게 되지. 이처럼 세월의 흐름
은 두 사람의 관계를 보다 성장하게 하고 보다 흥미를 더하
게 할지언정 절대로 그 반대가 되게 하진 않는다.

시간은 신뢰와 동지애를 길러 준다. 결혼 생활을 오래 해
온 노부부의 경우, 겉모습까지도 서로 닮아 있는 경우가 많은
데, 그것은 시간이라는 보물로 잘 가꾸어서 단단히 하나로 묶
어 둔 덕분이지. 세월이 거듭 쌓여 감에 따라 그만큼 사랑도
쌓여 간다는 것을 잊지 말아야 한다.

서로를 나누는 기쁨 / 금슬이 좋은 부부에게서 흔히 볼 수 있는
일상의 친함은 아주 미묘하고 깊은 아름다움을 지닌다. 엄마
는 너희가 이 다음에 결혼하여 남편과 아무런 거리감 없이
대화를 많이 주고받고, 서로 진정으로 사랑하기를 바라고 있
단다.

결혼이라는 것은 조그마한 사랑의 행위에서도 기쁨을 맛볼
수 있단다. 조그마한 들꽃 한 송이를 꺾어다 주는 행동에서,

피로할 때 등을 두드려 주는 손길에서, 보고 싶었던 책을 말 없이 사다 주는 모습에서 우리는 커다란 행복을 느낄 수 있 단다. 항시 누군가가 너희를 생각해 주고 있다는 것은 참으로 즐거운 일이겠지? 너희가 힘들어할 때는 손을 뻗쳐 주고, 풀 이 죽어 있을 때는 기운을 내도록 격려해 주고, 혼란에 빠져 헤매고 있을 때는 정확한 길을 제시해 주고, 성공하면 칭찬해 주고……. 이 얼마나 기쁜 일이니?

꼭 말을 하지 않아도 표정만 보면 서로 마음이 통한다든가, 제아무리 좋은 친구와 있는 것보다 자기 집에 들어와 아내와 함께 있는 것이 마음이 편하다고 하는 상태가 되면 이는 정 말 행복한 일이지.

확실히 결혼은 멋진 것이다

서로에게 충실하고, 자기들의 선택에 만족하며 살아가는 부 부는 이 세상에 많이 있지. 엄마가 결혼하기 전의 일인데, 어 느 날 너희 아버지는 이렇게 말씀하셨지.

"당신은 좀 별난 사람이기 때문에, 보통 남자하고는 도저히 결혼하지 못할 거야."

그 말이 옳았다고 생각한다. 행복해지기 위해서는 서로 마음이 통할 수 있는 사람을 찾지 않으면 안 돼. 그런 사람과 만났을 때 비로소 결혼이 진실되고 행복한 것이 되며, 그 무엇보다도 우수하고 강한 힘을 발휘할 수 있는 거야.

딸들의 생각

결혼은 인간이 생각해 낸 것들 가운데 가장 멋진 거라고 생각해요. 누군가를 사랑하고, 결혼하고, 또 그 사람과 평생을 같이 산다는 것은 당연히 멋지겠지요. 결혼한 뒤에 행복이 지속되지 않는다 하더라도, 역시 결혼 그 자체는 인생 최고의 사건이 아닌가 싶어요.

— 로라

저는 결혼을 해서 아이를 낳아 보고 싶어요. 자신을 한 남자에게 묶어 둔다는 것을 싫다고 생각하지는 않아요. 왜냐하면, 그 사람이 나를 사랑해 주고 나 역시 그 사람을 사랑하면, 그것으로 충분히 행복하다는 생각이 들기 때문이지요.

— 지지

사랑하는 사람에게 바라는 것
공정한 사람은 다른 미덕도 보증한다

엄마는 어제 아침에 아주 현명한 젊은 여성과 함께 식사를 했단다. 그 때 그 사람이 엄마에게 했던 말을 너희에게 들려주고 싶구나.

우리 두 사람은, 세상엔 이렇게 훌륭한 여성들이 많은데, 왜 그 여성들에게 어울리는 남성은 이다지도 적은가고 탄식했지. (너희도 알고 있겠지? 여성들끼리 만나면, 여성 우월주의자가 된다는 걸 말이야.)

그 때 그녀는, 여성들의 기대가 약간은 현실에서 벗어나 있기 때문일지도 모른다고 말하더구나.

"아마, 아무도 가르쳐 주지 않았던 것 같아요. 남편이 시인이기를 바라는 동시에 뛰어난 실업가이기를 바랄 수 없다는 걸 말이에요."

멋지게 정곡을 찌른 그녀의 간결한 말에 엄마는 할 말을 잃었지. 그 때 엄마는, 여성이 남성에게 무엇을 바라느냐에 따라서 결혼의 성공과 실패가 크게 좌우되겠구나 하는 생각이 들더구나.

사랑하는 남성에게 바라는 12가지 자질

여성은 사랑하는 남성에게 무엇을 바라고 있을까? 매우 어

자신이란, 마음이 확신하는
희망과 신뢰를 가지고 위대
하고 영예스런 길에 나서는
감정이다.

M. T. 키케로

려운 문제이지만, 엄마의 경험에 비추어 적어 보겠다. 물론
너희도 여기에 첨가하고 싶은 항목이 있을 거야. 엄마가 여기
에 적는 것은 시작에 불과하니까 말이야.

힘 / 남성에게 힘을 구하는 것은 매우 현실적이라고 생각해.
남성에게는 너희가 힘들 때 의지할 수 있는 힘, 성격적인 강
함이 있으니까 말이야. 그것은 현실에 단단히 뿌리를 내린 남
성의 인품에서 나오는 것이다. 그러니까 결코 강압적이거나
뽐내거나 하는 사람이어야 할 필요는 없지. 의지가 강하고,
책임감이 있고, 정직한 남성이면 된다.

남성다움 / 너희가 사랑하는 사람이 조화 있는 남성적 매력
을 가지고 있느냐 하는 것은 매우 중요한 문제이다. 즉, 늠름
하고 건강한 남성이어야 한다는 말이다.

외모가 남성적이어야 한다든가, 여봐란 듯이 남성적인 매력
에 넘쳐 있어야 한다는 뜻은 아니다. 자신의 남자다움에 자신
감을 갖고, 자기가 남성이라는 사실에 만족하고 있는지 어떤
지가 중요한 거야.

주위에는 하찮은 일에서 남자다움을 과시하고 싶어하는 남

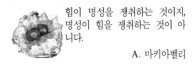
성이 많지. 괜히 어깨에 힘을 준다거나, 미인을 애인으로 삼
은 것을 강조한다거나, 심지어는 잠자리를 함께 한 여성의 숫
자를 가지고 자랑하기도 하지. 마치 욕망에 이끌려 다니며,
그것이 시키는 대로 행동하고 있는 것처럼 말이야. 그들은 한
여성으로는 만족치 못하고 여러 여자를 헤매 다니는 여성 편
력이 있는 사람들이야.

　남성다움이 어떤 것인지를 제대로 알고, 그것과의 융화가
적절히 이루어졌는지 어떤지는 남성을 판단하는 데 있어서
가장 중요한 요소이다. 자기의 남성다움에 자신이 있는 사람
이라면, 너희의 여성다움도 쉽게 받아들여 줄 거야.

　자신감 / 여성과의 관계를 올바르게 유지하기 위해서는 남성
이 자신의 가치관에 어느 정도 자신감을 갖고 있지 않으면
안 된다.

　남성이 자신감에 차 있으면, 너희의 자신감이나 능력, 여성
다움, 그리고 재능 등에 위협을 느낄 필요가 없겠지. 그러나
만일 그에게 자신감이 결여되어 있다면, 그는 너희의 존재에
위협을 느끼게 되어 너희 존재를 작게 만들려고 발버둥치게
된다. 너희를 신뢰하지 않고 자기의 크기에 맞추어 너희의 가

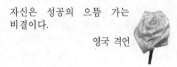

자신은 성공의 으뜸 가는
비결이다.

영국 격언

치마저 평가 절하할 거야.

하지만 남성이 자신감을 가지고 있는 경우에는, 모든 면에
서 너희와 마음 편하게 연대감을 가지게 된다. 너희를 격려하
여 승리로 인도해 줄 것이고, 너희가 실망할 때는 마음의 지
주가 되어 줄 것이다. 그런 사람만이 너희의 미래에 있어서
믿음직스럽고 적극적인 역할을 해 줄 수 있단다.

성실성 / 남성에게 성실성이 없으면 인생을 쌓아 나가기가
아주 힘들단다. 너희가 남편을 믿을 수 없다고 한번 생각해
보렴. 그것은 모래 위에다 집을 짓는 것과 다를 게 없지 않겠
니?

너희가 사랑하는 사람이 성실하고 정직하고 신뢰할 수 있는
그런 미덕을 지니고 있기를 이 엄마는 바라고 있다.

감수성 / 어려서부터 남성은 여성과는 다른 것에 마음을 쏟
아야 한다고 교육받아 왔단다. 그들은 여성들의 변덕에 호응
해서는 안 된다고 교육받아 왔어.

그런데 우리 여성들의 경우, 남자의 보조 역할이나 떠맡아
남성들의 요구에 마음을 쓰고, 그것을 충족시켜 주도록 교육

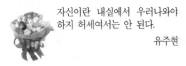

을 받아 왔지.

그러나 최고로 멋진 남성은 훌륭한 감수성을 가지고 있는 사람이란다. 진정으로 너희를 생각하는 사람이라면, 너희의 요구가 무엇인지를 살펴 그것을 준비해 주지. 이 성능 좋은 감수성의 안테나야말로 남녀간의 간격을 없애 주는 교량 역할을 해 준다.

보호력 / 엄마 말을 들으면, 여성 해방을 외치는 여성 해방가들은 격노할지 모르지만, 대부분 여성들의 마음 속에는 자기가 사랑하는 남성으로부터 보호받고 싶은 바람이 자리잡고 있지 않을까 생각한다.

수십만 년 동안 남성들은 여자와 자녀들을 지켜 왔지. 그런데 이런 기본적인 것이 왜 문명의 발달과 함께 변해야만 하는지 엄마는 참으로 이해할 수가 없구나.

공정 / '공정'이야말로 남성들에게 있어서 아주 소중한 자질이라고 생각한다. 그것이 갖추어져 있는 사람이라면 다른 모든 미덕까지도 갖추고 있을 거라고 본다. 만일 그에게 공정성만 갖추어져 있다면, 두 사람 사이에 어떠한 어려움이 발생한다 하더라도 쉽게 헤쳐나갈 수 있을 거야.

같은 목표를 가질 것 / 인생의 목표가 정반대인 사람끼리도 서
로 마음이 끌릴 수 있겠지만, 그런 관계는 오래 지속되지 못
한다. 인생의 목표나 꿈이 서로 비슷하다는 것은 참으로 중요
하지.

자라 온 환경이 비슷하면 흥미까지도 서로 같아지는 수가
흔히 있지. 물론 서로 다른 환경에서 자랐다 할지라도 마음이
잘 통하는 수가 있긴 하지만 말이야.

중요한 것은, 만약 가려는 길이 서로 다르면, 두 사람 중 어
느 한쪽이 언제나 양보를 해야 한다는 거야. 옛날부터 양보하
는 쪽은 언제나 우리 여성들이었지만 말이야.

용기 / 너희는 분명히 남성에게 용기를 요구할 것이다. 세계
를 지배할 만한 용기가 아니라, 신념을 지닌 강한 의지, 난관
을 타파하는 용기, 큰 힘에 맞설 수 있는 그런 용기 말이야.

남성에게는 모름지기 인생에 정면으로 맞설 수 있는 용기가
필요해. 진정으로 용기 있는 남자라면, 자기 내면의 소리가
명하는 대로, 어떠한 환경에도 굴하지 않고 능력에 따라서 창

조에 힘쓰겠지. 의욕에 넘치는 사람에게 있어선 인생도 하나
의 시합이지.

남편에게 용기가 있으면 너희도 그에 따라 용기를 얻어 활
력이 넘치는 인생을 살아갈 수 있을 거야.

사랑하는 힘 / 오랫동안 우리 여성들은 사랑한다고 하는 아주
단순한 능력으로 남성들을 너무 많이 봐 주었지. 그것은 참으
로 무서운 일이다.

여성은 남성에게 지나친 애정을 요구하기 일쑤지. 그러면서
진심으로 거기에 응할 수 있는 남성은 세상에 하나도 없다고
자기들을 억지로 납득시켜 온 거야. 자신과 타협하고 스스로
체념해 온 거지. 그리고 여성들은 그 화풀이로 갖가지 모양으
로 남성들의 흠을 들추어내는 데 힘썼던 거야.

나의 소중한 딸들아, 마음 속에 깊이 새겨 두렴. 사랑하는
능력, 자기에게 있는 모든 것을 아낌없이 주는 능력은, 성숙
한 여성에게 있어서 당연한 것처럼, 성숙한 남성에게도 당연
히 있어야 하는 거야. 절대 타협해서는 안 돼. 사랑하는 데에
남녀의 구별이란 건 있을 수 없어. 네가 사랑하는 남성이 정
열적으로 너희를 마음 속 깊이 사랑해 주지 않는다면, 그 남

성은 너희에게 있어서 어울리지 않는 사람이야.

책임감 / 전적으로 책임을 느낄 줄 아는 남성을 선택하는 일
은 자기 자신에 대한 너희의 의무라고 할 수 있다. 제대로 된
남성이라면, 우선 자기 자신의 인생에 대해 책임을 진다. 그
런 다음에야 비로소 너희나 너희 자녀들에 대해서도 책임을
질 수 있는 거야.

사람들은 누구나 인생의 분기점에서 책임을 지게 되는데,
아직 성숙치 못한 남성은 직업에 대한 능력을 갖추고 있지
못하다. 직업적으로 책임을 질 수 있을 때 비로소 그는 어른
이라고 할 수 있지.

정열 / 이것은 남성다움의 한 부분을 이루는 것으로, 엄마가
특별히 강조하고 싶은 것이다.

여기에서 말하는 '정열'은 앞에서 엄마가 말했던 정열 이상
의 것이지. 남성은 크고 깊은 감정을 가져야 한다. 애정의 세
계에서와 마찬가지로, 살아가는 것 그 자체에도 정열을 가지
고 있어야 해. 인생이란 모진 풍파 앞에서도 당당하게 맞서서
삶을 이룩해 나가는 거야. 이것은 우리 여성에게 있어서도 마

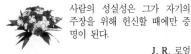

사람의 성실성은 그가 자기의 주장을 위해 헌신할 때에만 증명이 된다.

J. R. 로얼

찬가지이지만, 특히 남성에게 있어선 더욱 필요하단다.

요구하기 전에 먼저 자신을 알자,

자, 엄마가 너희에게 말해 주고 싶은 것은 대충 이런 정도이다. 물론 앞에서도 말했듯이, 이것은 지극히 엄마 개인적인 기준이니까 선택은 어디까지나 너희의 마음과 눈에 달려 있다.

앞으로 너희는 여러 부류의 남성들과 만나게 되겠지. 그 때마다 어떤 유의 남성이 자기에게 어울리는지 현명하게 판단할 수 있도록 부지런히 연습하도록 하렴. 타협하겠다는 생각일랑 추호도 갖지 말고, 자신이 진정으로 원하는 희망이 무엇인가를 염두에 두고 있으면, 너희가 그릇된 선택을 하는 실수는 저지르지 않을 거야.

예를 들어 샐리라는 이름을 가진 여자 아이가 있다고 하자. 그녀는 시를 좋아하는 조용하고 내성적인 소녀지. 그녀는 예이츠의 시집을 탐독하고, 도서관의 유리창을 두드리는 빗소리에 귀기울이며 오후를 즐기는 그런 소녀였어.

그런 샐리가 건장한 체격의 축구 선수 랜스를 남몰래 사랑하고 있었다. 그녀는 예이츠를 옛날의 축구 선수쯤으로 생각하고 있었어.

그런데 그녀는 예이츠의 장편 시를 암송하고, 도서관원들에게 아주 낯익을 정도로 도서관을 들락거리는 문학도인 허버트를 완전히 무시해 버리는 거야. 그가 자기를 좋아하는 데도 말이야.

그런데 만일 샐리가 축구 선수 랜스와 결혼한다면 어떻게 되겠니? 따분함과 욕구 불만이 두드러지게 나타날 거야. 어느 쪽도 상대의 꿈에 공감을 갖지 못할 거야. 만일 상대를 기쁘게 해 주기 위해 어느 한쪽이 무리하게 양보를 했다손 치더라도 그것이 결코 영원할 수는 없지 않겠니?

자신에게 어울리는 남성을 선택하고 싶다면, 우선 자신의 희망이 무엇인지를 분명히 알아야 한다. 네가 만일 예술가를 원한다면, 그에게 완력까지 기대해서는 안 돼. 또 사업가가 좋다면, 그에게 시인의 영감이 있기를 기대하지 말아야 해. 상대방을 자기의 틀에 맞춰서 억지로 바꾸려고 하면, 그 사람에게 불공평할 뿐만 아니라 실패하게 마련이다.

요컨대 자기 자신에 대해 잘 알고 있을수록 자신에게 어울리는 진정한 상대를 만나는 기회는 그만큼 많아지게 마련이다. 많은 남성들과 만나고 인생의 경험을 쌓아, 너희가 최종

감수성이 너무 강하면 불행을
가져오고, 너무 약하면 범죄로
이끈다.

A. 타베랑

적으로 선택하는 남성은 너희에게 있어서 소중한 사람이어야
한다. 행운에 의한 만남이나 운명의 인도와도 같은 그런 좋은
만남이 되길 엄마는 기대한다.

너희가 최종적으로 택한 남편이 너희에게 얼마나 어울리고
소중하느냐는, 전적으로 너희가 자기 자신을 얼마나 알고 소
중히 다루었느냐에 따라 달라질 수 있다는 사실을 잊지 말도
록 해라.

딸들의 생각

사랑하는 상대가 정열파가 아니더라도 저는 상관없어요. 단지
사랑하는 사람을 진심으로 훌륭하다고 느낄 수 있으면 그것으로
충분하다고 생각해요.

사랑이란, 상대방의 결점을 감싸주고 용서해 주는 것, 그리고
나와 상대방을 행복하게 만들어 주는 정말 멋진 것이라고 생각해
요.

— 로라

제3부 신체에 관한 이야기

건강한 몸에 감사하며

마음과 육체의 연관성
건전한 마음이 건강하고 아름다운 신체를 만든다

동양에서는 수세기 전부터 정신과 육체의 연관성에 대해 관심을 갖고 있었지. 요가를 하는 사람은 정신력으로 맥박과 혈압을 조절하고, 통증을 없애며, 출혈까지도 조절했단다.

그런데 서양 의학의 경우, 정신과 육체의 연관성을 인정하기까지 상당한 세월이 걸렸지. 정신과 육체는 서로 연관되어 있으며, 또 그것들은 인간이 조절할 수 있는 것이라고 가르치지 않고, 대신 이 두 가지를 완전히 다른 별개의 실체로서 관찰하는 훈련을 실시해 왔다. 따라서 마음과 육체의 건강을 모두 유지하기 위해서는 각각 다른 전문가의 조언이 필요하게 되었지.

우리는 육체란 부서지기 쉬운 믿을 수 없는 기계로서, 잠시라도 정신을 팔면 언제 망가지게 될지 모른다고 생각해 왔지. 그러니까 '내 몸은 내 마음대로 되지 않는다'라고 생각하는 사람이, '나의 몸은 내 것이다. 따라서 내 마음대로 할 수 있다'고 생각하는 사람보다 많은 거야.

너희는 흔히 사람들이 이렇게 푸념하는 말을 들었을 것이다.

"나는 언제나 건강이 좋지 않아서 즐거움과는 전혀 거리가 멀어."

"도저히 정신을 집중할 수가 없어요. 정신 집중법 같은 건 배운 적이 없어요."

이런 식의 말은 어디서나 들을 수 있는데, 가만히 생각해 보면 참으로 이상한 말이 아닐 수 없다. 인간, 인간의 정신, 인간의 육체는 모두 같은 게 아닐까?

정신과 육체는 하나의 통일된 실체라고 엄마는 확신한다. 그래서 우리는 건강하기 위해 노력할 의무가 있다고 생각해. 그러니까 병에 걸리지 않으려면, 가능한 한 정신을 집중하고 있는 거야. 육체와 정신의 연관성을 알기만 하면 건강을 유지할 수 있다는 말은 아니다.

이에 관한 이야기는 다음으로 미루기로 하자. 다만 엄마가 말해 주고 싶은 것은, 정신과 육체의 연관성에 관해 올바른 지식을 가지고 있으면, 건강하고 행복한 생활을 하는 데에 크게 도움이 된다는 것이다.

우리는 누구든 자기 회복의 능력을 가지고 있단다. 사람들은 많든 적든 그것을 사용하고 있는 것이지. 병을 치료하는 과정에서 본인의 낫고자 하는 의지가 얼마나 중요한가에 관해서는 모든 의사들이 필수적으로 환자들에게 그런 이야기를 해 주고 있다는 사실만 보아도 알 수 있다.

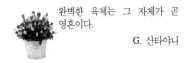

엄마는 정신력으로 중병도 고칠 수 있다는 것을 엄마 자신의 경험을 통해서 알고 있다. 마찬가지로, 정신의 힘으로 자신을 건강하고 행복한 상태로 유지할 수 있다고 생각한다. 밖에서 찾아오는 적으로부터 자신의 몸을 지키고, 정신과 육체가 하나 되어 건설적인 힘을 발휘할 때 건강하게 장수할 수 있는 거란다.

병은 마음에서 비롯된다

정신과 육체의 연관 가운데 어두운 면을 한번 살펴보도록 하자. 정신이 육체를 얼마나 병들게 하는지 말이야. 정신과 육체를 연결하는 에너지는 긍정적으로도 부정적으로도 작용하거든.

정신이 심리적 단계에서 육체에 미치는 영향은 여러 가지 경우를 생각해 볼 수 있다.

첫째, 어떤 문제에 부딪치는 것이 싫어서 그것을 피하려고 한다. 그러면 문제는 해결하지도 못하고 육체적으로 병들게 된다.

둘째, 자기가 해야 할 일상적인 일들이 하기 싫어진다. 그러

마음은 정신 이상의 것이다.
마음은 정신이 꽃향기처럼
사라져도 계속 뿌리로 남기
때문이다.

F. 뤼케르트

면 잠재 의식은 육체에 병을 만들어내고, 결국 그 싫증나는 일을 하지 않아도 되게 만든다.

셋째, 고의가 아니라 우연히 병에 걸리는 수도 있다. 그러나 그것은 자기의 잠재 의식 속에서 자기 자신이 벌을 받아도 마땅하다고 생각하고 있기 때문이다.

꾸중만 듣고 자라던 어린 시절의 후유증으로 인해 많은 사람이 놀라운 매저키즘(피학성 : 被虐性)을 마음 속에 담아 두고 있다. 그들은 어떤 종류의 벌을 당연한 보상처럼 기대하고 있는 것이다. 이것은 어릴 때 학대받았던 사람들에게서 흔히 나타난다. 아무도 자기에게 벌을 가하지 않으면, 만성 질병이라는 형태로써 스스로를 벌하는 거야. 그리고도 진정 자기 자신은 그러한 사실을 전혀 깨닫지 못한다.

또 병이라는 것은 자신의 죄값을 대신해 주는 보너스와도 같은 것이라고 생각하여, 자기가 병에 걸리게 되면 가만히 누워서 주위 사람들을 부려 먹는 우를 범하곤 하지.

이처럼 마음 속에 생긴 곤경은 결국 병이라는 형태로 육체에 나타나는 것이다.

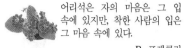

빛나는 건강미를 유지하기 위한 두 가지 비결

그럼 혼자서도 쉽게, 몸과 마음의 건강을 유지할 수 있는 방법 두 가지를 들어보도록 하겠다.

① 자신과 대화한다 / 특별히 큰 소리를 내지 않아도 좋다. 마음 속으로 자기 자신에게, "날마다 건강하게 살고 있니?"라고 물어보자. 자신이 능력을 확인하여 자신감을 갖는 일은 대단히 중요하다. 따라서 항상 자신의 몸을 칭찬하는 습관을 들이도록 해라.

② 이상적인 자신을 그린다 / 마음 속으로 건강하고 활력에 넘쳐 있는 자신의 모습을 상상하는 거야. 자기가 바라는 바의 모습을 자기가 갖추고 있다고 마음 속으로 상상하는 것이지. 그리고 그러한 생각을 계속하는 거야. 거울을 들여다보면서 자신의 이상형을 상상하면 좋다. 건강하게 빛나는 자기 자신의 아름다운 모습을 마음 속에 있는 마법의 힘으로 거울 속에 등장시키는 거야.

실제로 이러한 시각화(視覺化)의 방법은 여러 나라에서 시도되고 있고, 또한 좋은 성과를 올리고 있단다. 몸무게를 조

절한다거나 자기의 마음 자세를 바꿀 때, 혹은 스스로의 힘으
로 병을 치료하는 방법으로 사용되고 있지. 이것은 최악의 경
우라도 아무런 해가 없으며, 오히려 적극적인 마음을 갖도록
도와준다고 한다.

　이렇게 함으로써 실제로 우리는 자신이 바라는 모습에 가까
워질 수 있다는 거야. '나는 너무 뚱뚱해서 꼴불견이야'라고
언제나 생각하고 있으면 실제로 그렇게 되어 가는 것이지. 자
기는 어떤 병을 가지고 있을 거라고 늘 생각하던 사람이 마
침내 그 병에 걸린 경우도 있으며, 자기의 신변에 끔찍한 사
고가 일어나지나 않을까 하여 늘 공포감에 휩싸여 있던 차에
실제로 그런 사고를 당한 사람도 있다.

　이처럼 마음 속에 품고 있는 생각은 실제로 신체에 커다란
영향을 미치지. 좋은 일이건 나쁜 일이건, 사람은 마음 속으
로 자기에 대해 품고 있는 이미지를 현실화시키는 거야. 그러
므로 우리가 마음 속으로 자신에 대해서 긍정적이고 건강한
자화상을 그리는 습관을 일찍부터 들일 수만 있다면 참으로
멋진 인생을 살 수 있을 거야.

　여기에는 아무런 속임수도 없다. 단지 자기 자신의 고삐를
잡을 수 있는 정신력만 있을 뿐이야. 사람은 자기가 가지고

있는 지능의 5퍼센트밖에 사용할 수 없다고 과학자들은 말하고 있다. 그렇다면, 끌어내는 방법만 알면 나머지 95퍼센트를 사용할 수 있지 않겠니?

정신이 지닌 창조력은 무한하단다. 그러나 그 잠재 능력을 끌어내는 방법을 모른다면 아무런 쓸모가 없지. 적극적인 사고 방식은 어느 시대에나 있어 왔지만, 너희 세대가 그것을 실천해 주었으면 한다.

건강은 자신의 책임

균형 있는 영양 섭취와 운동, 그리고 무엇보다도 행복감

우리는 누구나 의료 혜택을 받으며 살아가고 있다. 태어나는 순간은 말할 것도 없고, 어머니의 뱃속에 있을 때부터 우리는 일생 동안 의학의 도움을 받고 있는 거야. 그러므로 신뢰할 수 있는 단골 의사가 있느냐 없느냐는 중요한 문제이지.

그러나 엄마는, 우리가 이러한 의학적인 힘에만 의지할 것이 아니라, 자신의 건강은 스스로가 책임져야 한다고 생각한다.

의료라는 말은 병에 걸린 것을 치료한다는 뜻이지. 그러니까 우리가 이러한 의료 행위에 의지하는 것보다는 병에 걸리지 않도록 스스로 노력하는 것이 더욱 중요하지 않겠니?

이제부터 엄마는 예방적인 차원에서의 건강 관리에 대해 이야기하려고 한다. 우리가 되도록 건강하고 오래 살기 위해서는 어떻게 하는 것이 좋을까에 대해 함께 생각해 보도록 하자.

자신의 몸에 관해서 잘 알 것

대부분의 사람은 자신의 몸에 관하여 극히 초보적인 지식밖에 가지고 있지 않지. 그러나 우리가 몸의 기능에 관해 공부해야 하는 중요성은 아무리 강조해도 지나치지 않다고 생각

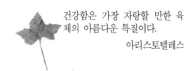
한다.

각 기관의 움직임이라든가, 특히 순환기 계통이나 신경 계통의 작용을 아는 일은, 건강을 유지하기 위해서도 필요하지만, 인생의 한 순간 순간을 확실히 살고 있다는 실감을 하기 위해서도 아주 중요하지. 또 몸의 각 부분이 어떤 것을 필요로 하는지를 모른다면 어떻게 그것을 공급할 수 있겠니?

시시, 너는 어렸을 때에 몸에 상처가 나거나 피가 나기라도 하면 무서워서 펄펄 뛰었지. 기억하고 있는지 모르겠지만, 어쨌든 넌 그랬어. 손가락 끝을 조금만 베어도 지독히 무서워했거든.

처음엔 그런 너를 보고 어리둥절했었지. 어찌나 엄살을 부리던지……. 그러다가 엄마가 너에게 우리 몸의 구조를 그림으로 그려 가면서 설명해 주니까 그제서야 좀 안심하는 표정을 짓더구나. 세 살짜리 너는 머릿속으로, 인간의 피부 속에는 공기만 가득 차 있는 풍선처럼 혈액만 가득 차 있다고 생각했던 모양이야. 상처가 나면 구멍 뚫린 풍선에서 공기가 빠져나가듯이 온몸의 피가 모조리 밖으로 흘러나가 버린다고 생각했던 것 같다.

그 때 어린 네가 엄마의 설명을 듣고 공포감을 진정시켰듯이, 어른들에게도 마음의 평안을 유지하기 위해 우리 몸에 대한 지식이 필요하단다. 자신의 몸의 기능을 잘 알고 있으면, 우리가 몸을 잘못 다루거나 간수하는 일이 없을 것이며, 쓸데 없이 두려워하거나 조심하는 일도 없을 것이 아니겠니?

영양을 충분히 섭취하고 있는가?

엄마는 어렸을 때부터 영양에 관해 교육을 받으며 자라 왔다. 너희 외할머니께서는 해초나 보리가 유행되기 25년 전에 이미 그것들의 효능에 대해 알고 계셨지. 그런데 나이가 들어 직접 요리를 할 수 있게 될 무렵, 엄마는 다시 전통적인 식사 방법으로 되돌아가 버리고 말았단다. 그래서 일 년 내내 다이어트와 체중 줄이기에 신경을 곤두세우게 되었지 뭐겠냐.

경험에 비추어서 엄마는 단언할 수 있다. 미국인은 다이어트에는 민감하지만 영양에 대해서는 둔감하다고 말이야. '이 피자파이는 몇 칼로리나 될까?' 하고 걱정하는 것보다는 영양에 관한 정보를 수집하여 이를 활용하는 쪽이 훨씬 건강에 좋지.

그런데 주의해야 할 점은, 최근에 나오는 식품들은 대부분이 인스턴트라는 사실이다. 방부제가 들어 있는 빵, 호르몬제

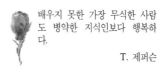

로 살찌게 한 칠면조, 표백하여 비타민이 파괴되어 버린 밀가루, 그리고 모든 식품들에 인공 감미료나 향료가 첨가되어 있는 거야.

얼마 전에 초콜릿 우유를 샀더니 초콜릿과 우유가 전혀 들어 있지 않더구나. 그럴 듯하게 합성 가공한 식품이었어. 그러니까 식품을 살 때에는 주원료 표시를 똑똑히 살펴볼 필요가 있다.

몸이 제 기능을 다하기 위해서는 우리 몸에 어느 정도의 칼로리가 필요한지를 알고 있어야 해. 최근에 와서 더욱더 분명히 밝혀진 사실은, 냉동 식품이나 통조림 따위보다는 신선한 야채나 과일, 그리고 육류 쪽이 보다 많은 '생명력'을 제공해 준다는 사실이야.

2년 전, 엄마가 일본에 갔을 때의 일이다. 엄마는 그 곳에서 2개월 동안 신선한 음식물만 먹고 지내면서, 몸의 컨디션이 너무 좋아진 데 새삼 놀랐단다. 체중이 4kg 가까이나 줄고, 그 덕분에 전혀 공복감을 느끼지 않는 좋은 상태였지.

가능한 한 가공되지 않은 신선한 식품을 선택하도록 주의를 기울여, 우리 몸에 해로운 오염물이나 인공 향신료 등이 몸 안에 들어오는 것을 방지하도록 하자.

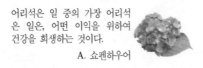

우리 몸은 자연 식품을 보다 더 잘 소화하고 흡수한단다. 이렇게 우리가 섭취한 칼로리 원은 몸을 움직이는 에너지가 되는 것이지.

몸을 움직이는 일이 매우 적어진 현대인들은 균형 있는 식사에 더더욱 신경을 써야 한다. 야채·과일·생선·우유, 제품·빵류, 그리고 기호에 따라 단 것도 다소 첨가하여 조금씩 많은 종류의 식품을 골고루 혼합 섭취해야 해.

그리고 무조건 다이어트를 하면 건강에 해로우므로 음식을 적당히 먹고, 좀 과도한 칼로리를 섭취했다 싶으면 운동으로 그것을 소모시키도록 해라.

식품 영양에 관한 책도 읽어 보고, 그 책에서 권장하는 방법을 실제로 시험해 보는 것도 좋다. 그래서 감정적으로나 육체적으로 만족할 수 있는 자기 나름의 식사법을 발견하는 거야. 영양적으로 조화를 이룬 식사를 한 달쯤 계속하게 되면 몸의 컨디션이 좋아지고 체중이 감소되어 활력이 넘치게 된단다. 엄마 말 이해하겠지? 그럼 오늘부터 당장 시도해 보렴.

하루에 10분씩 꼭 운동을 하자

운동! 엄마는 어렸을 때부터 이 운동을 지독히도 싫어했단

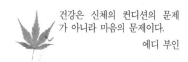
건강은 신체의 컨디션의 문제
가 아니라 마음의 문제이다.
에디 부인

다. 엄마에게 있어서 그건 병과도 마찬가지였지.

하지만 심장이나 폐, 그리고 순환기를 강하게 하기 위해서는 운동이 필수적이지. 얼굴 빛을 좋게 하기 위해서도, 스테미너를 왕성하게 하기 위해서도, 이 운동은 꼭 필요하단다.

엄마가 걱정하지 않아도 될 정도로, 젊은 너희는 지금 운동을 아주 잘 하고 있다. 다만 엄마의 고통스러운 경험에 비추어 한 마디 조언하고 싶은 게 있다면, 너희가 어른이 되어서도 다른 흥미거리에 밀려 운동에 대한 흥미를 잃지 말라는 것이다. 어떤 운동이건 간에 자신이 오랫동안 즐겁게 지속할 수 있는 것이면 되지.

하루에 10분씩 하는 운동은 일주일에 한 번 90분 동안 운동하는 것보다 훨씬 효과가 있지. 너무 무리한 운동을 하게 되면 오히려 건강을 해칠 수도 있거든.

실천할 수 없는 커다란 목표보다는 실천할 수 있는 작은 목표를 세우도록 하자. 운동을 싫어하는 엄마는, 경보 선수처럼 걸음을 빨리 걸음으로써 운동 부족을 채우고 있지.

행복해서 건강하고, 건강해서 행복하다

자, 마지막으로 또 한 가지, 사소하지만 건강에 관해 아주 중요한 충고가 있다. 엄마가 열거하는 다음 사항들을 잘 생각해 보아라.

우선 자기 몸을 아주 소중히 여겨야 한다. 그리고 자신을 위한 충분한 시간을 갖는 거야. 자신이 좋아하는 일을 하는 거야. 진심으로 사랑하는 남성과 결혼하고, 자녀들을 진심으로 사랑할 수 있을 때에 자녀를 갖도록 해라. 그리고 자기의 꿈을 실현하기 위해서 열심히 노력하자.

앞에서 말했던 음식물이나 운동도 물론 필요하지만, 지금 엄마가 말하고 있는 것은 건강한 삶을 위해 절대 필요한 것이다. 행복과 건강은 지그소 퍼즐(그림에 따라 조각 맞추기)과 같아서, 이들 두 개가 서로 맞지 않으면 그림은 이루어질 수 없지. 이 두 가지, 즉 행복과 건강을 함께 추구할 때 우리는 비로소 그 양쪽 것을 다 손에 넣을 수가 있지.

딸들의 생각

건강을 유지하기 위해서는 우리 스스로가 노력해야 한다고 생각해요. 조금만 주의하면 건강을 지킬 수 있는데, 어째서 사람들은 몸에 해로운 짓을 하는지 모르겠어요. 이것은 그렇게 어려운 일이 아닌데 말예요. 건강하면 오래 살 수 있고, 그만큼 더 즐거움이 증가되잖아요.

— 로라

저는 언제나 건강하니까, 어떻게 해야만 건강을 유지할 수 있을까 따위는 생각해 본 적이 없어요. 저의 경우, 그냥 자연스럽게 놔두면 건강할 것 같아요. 여기서 '자연스럽게 놔둔다'는 말은, 운동하는 것, 바르게 식사하는 것, 화내고 싶을 때 화내고, 진지해지고 싶을 때 진지해지고, 하고 싶은 일을 하고, 이기적으로만 생각하지 않는 것이에요. 이런 것들에 주의하면 건강을 유지할 수 있다는 생각이 들어요.

— 시시

체중이 마음에 걸리기 시작하면

너무 뚱뚱하다고 생각하는 너희에게 주는 충고

체중에 대한 말을 꺼내니까 벌써 마음이 답답해지는 것 같니? 다이어트와 인연을 끊을 수 없는 엄마였기에, 그 경험에 비추어서 적어도 한마디쯤은 말할 수 있을 것 같구나.

엄마가 이상한 말을 하고 있구나 하고 생각할지 모르겠지만, 이것은 너희가 자신에 대해 어떻게 생각하고 있느냐와 관계가 있다.

자신에 대해 어떤 이미지를 가지고 있는가는, 평생을 통해 그 사람의 인간성에 영향을 미치는 아주 중요한 문제이다.

그럼 엄마 자신이 겪었던 경험에 비추어서 이야기해 보겠다.

젊었을 때 엄마는 줄곧 자신이 너무 뚱뚱하다는 생각이 들었지. 그러나 지금에 와서 옛날에 찍었던 엄마의 사진을 보면, 그것은 전혀 쓸데없는 걱정이었다는 것을 알 수 있지. 그런데도 엄마는 살을 빼기 위해 다이어트를 하며, 날마다 먹는 음식을 상대로 얼마나 악전 고투해 왔는지 모른다. 그리고 뚱뚱한 것을 감추기 위해 실제 몸 사이즈보다 두 단계나 높은 크기의 옷을 입고 다니기도 했어.

어쨌든 엄마는 가능한 한 날씬하게 보이기 위해 틈만 나면 갖가지 지혜를 짜내어 몸을 괴롭히고, 뚱뚱한 것에 불만을 터뜨리곤 했지.

그렇게 노력했지만 이렇다 할 변화는 전혀 없었어. 엄마는 다음의 세 가지 사실이 밝혀지기 전까지 체중과의 싸움을 계속해 왔단다.

한 가지는, 정기 건강 진단을 통해 알았지. 내진이 끝나고 체중을 단 다음, 의사 선생님은 기분 좋게 말씀하셨다.

"아주 좋습니다. 6년 동안 체중에 변화가 없군요."

엄마는 그 때 얼마나 놀랐던지 진찰 의자로부터 굴러떨어질 뻔했단다. 6년 동안 2백 번이나 다이어트 요법을 썼는데도 변함이 없다니!

어떤 때는 몸이 더 뚱뚱해진 것 같아서 슬퍼했고, 또 어떤 때는 드디어 살이 빠졌다고 좋아서 뛰기도 했었는데, 결국 1 kg의 변동도 없이 그대로라니!

그러니까 엄마가 느꼈던 체중의 증감은 모두가 환상이었고, 그에 따라서 엄마는 마음 속으로 혼자 씨름했던 것에 지나지 않은 셈이지. 엄마의 몸이 자신의 적정 체중을 정확히 기억하고 있었다는 이야기가 될지도 모르겠다. 내가 억지로 체중을 조작하려고 애쓰지 않는다면, 그것은 계속 일정한 상태를 유지한다는 사실에 엄마는 깜짝 놀랐단다.

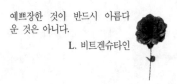

둘째, 이것은 좀더 복잡한 것이다. 엄마는 뚱뚱해짐으로써,
혹은 뚱뚱하다고 생각함으로써 연약한 자신을 외부의 공격으
로부터 지키고, 격리하고 있는 듯한 심정이었어. 내면의 나약
함을 지키기 위해 외부를 무의식 중에 살찌게 놔두는 사람은
엄마 말고도 많이 있을 게다.

셋째 깨달음은, '나는 뚱뚱하다'고 믿도록 마음 속에 프로그
래밍되어 있다는 것의 발견이었어. 이를테면 엄마는 이러한
착각 속에서 계속 살아온 것이지.

이상의 세 가지 사실이 밝혀지고 나서부터 엄마는 자신의
육체에 관해 아주 마음 편하게 생각할 수 있게 되었단다. 그
것은 우스울 정도의 변화였다. 그 뒤로 엄마는 음식과의 끝없
는 싸움을 그만두고, 자신이 뚱뚱하다는 생각을 않게 되었으
니까 말이다. 그리고 체중은 예상했던 대로 지금까지 그 상태
를 그대로 유지하고 있단다.

음식물은 영양을 공급해 주는 중요한 친구

지금 이 순간도 엄마처럼 비만에 대해 쓸데없이 고민하고
있는 여성이 많으리라고 생각한다. 엄마는 체중을 줄이기 위
해 자신과 싸웠던 지난날들을 돌아보면서 몇 가지 교훈을 얻

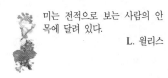
미는 전적으로 보는 사람의 안
목에 달려 있다.
L. 월리스

었단다. 지금부터 그것들을 너희에게 들려 주려고 하니 귀기
울여 보렴.

정확한 자기 평가 / 체중에 관한 한 되도록 정확한 자기 평가
를 해야 한다. 결코 패션 모델을 기준으로 삼아서는 안 돼.
또한 옷 사이즈로 자신의 몸을 평가하는 따위도 어리석은 짓
이다.

자신의 척도를 정할 것 / 자신의 척도로 스스로를 평가하도록
한다. 다시 말해 세상의 일반적인 잣대로 자신을 재어서는 안
된다는 말이야.

브론빈, 엄마는 가끔 넋을 잃은 듯이 너를 바라보는 때가
있단다. 너는 싱싱하고 굳건한 떡갈나무처럼 생명력이 넘쳐서,
아일랜드의 전설 속에 나오는 거인 같기도 해. 그 어떤 것도
거리낌없이 활달하고 명랑한 웃음과 싱그러운 젊음으로 가득
찬 너는 175㎝라는 키에 알맞은 체중이 있을 거야. 그런 네가
막대기와도 같은 패션 모델의 개미 허리가 필요할까? 용기를
가지고 자신의 기준을 결정하도록 해라.

그리고 시시야, 너를 보고 있으면 얼마 안 있어 우아한 여

성이 되리라는 것을 금방 알 수 있다. 너는 아름답게 흘러내
리는 듯한 몸매를 가지고 있어. 섬세한 꽃이라고나 할까? 참
으로 부드럽고 따사로운 너의 여자다운 모습이 참으로 보기
좋아. 그런 너의 모습에 어울리는 몸매는 어떤 것이어야 하는
지는 스스로 판단해 주길 바란다.

  유행 따위 신경 쓰지 않는다 / 세상의 유행을 좇지 말고, 자기
나름대로의 기준을 가져야 한다. 뺄 수 있는 만큼 최대한 살
을 빼고 싶다는 요즘 젊은 층의 경향은, 말벌과 같은 옛날의
잘룩한 허리라든가, 전족(纏足 : 옛날 중국에서, 발을 헝겊으로
감거나 가죽신 등으로 죄어, 여자의 발을 작게 하던 풍습)이라든
가, 버팀살로 퍼지게 만든 스커트와 마찬가지로, 언젠가는 사
라져 가리라고 믿는다.

  결국 뉴욕에서는 뚱뚱한 편에 속하는 사람이 밀워키에 가면
깡마른 편에 속하게 될지도 모르며, 90년대에는 80년대의 살
빼기 유행이 없어지고, 육감적인 풍만한 체형이 결혼 적령기
에 이른 아가씨들의 꿈이 되지 않으리라는 보장도 없지. 이러
한 변화는 실제로 과거에도 있었으니까 말이다.

  우리 여성들은 오랫동안 유행을 좇는 데 급급해 왔지. 그러

나 너희 세대만큼은 자신에 대해 잘 알아서 자기 나름의 기준을 가져 주었으면 한다.

즐겁게 먹는다 / 음식물을 자신에게 영양을 제공해 주는 친구로 생각해야 한다. 몇 년 동안 엄마는 무엇인가를 먹을 때마다 "아, 또 이걸 먹으면 살이 찔 텐데!" 하고 탄식했었단다. 그러나 나중에는 기꺼이 그러한 음식물들을 먹게 되었으며, 음식물은 비타민이나 미네랄 등의 영양분을, 그리고 즐거움을 제공해 주는 것이라고 생각하게 되었다.

그렇게 편안한 마음으로 음식을 먹었더니 참으로 신기하게도 차츰 몸이 날씬해지더구나.

전문가의 조언을 요청한다 / 그러나 아무래도 체중이 고민거리라면 전문가에게 조언을 요청하도록 해라. 고민이나 불안이 마음 속에 가득 차게 되면, 그것을 차단하고 싶다는 욕구가 비만이라는 형태로 나타날 수가 있기 때문이다. 만일 그렇다면 사실을 밝혀 내지 않으면 안 되겠지. 그런 땐 자신을 아무렇게나 버려 두지 말고 전문가에게 도움을 청하여야 한다.

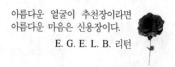

딸들의 생각

요즈음은 너도나도 자신의 체중에 대해 지나치게 신경들을 쓰
고 있어요. 1kg이라도 몸무게가 늘게 되면, 마치 자살이라도 할
것처럼 떠들어 대지요. 그러한 사람들에게 있어서 체중은 굉장한
압박감을 주겠지요. 체중이 100kg이건 40kg이건 내면의 나는 그
대로인데, 왜 사람들은 뚱뚱한 것을 싫어하는 걸까요?

— 로라

저는 저의 체중 때문에 마음을 쓰거나 고민한 적은 없어요. 확
실히 살이 빠지면 매우 기쁘긴 해요. 그러나 애써 살을 빼고 싶지
는 않아요. 저는 사람들이, 태어나면서부터 뚱뚱한 편에 속한 저
를 사랑해 주면 된다고 생각해요.
  만일, '5kg만 빠지면 너의 친구가 되어 줄게'라고 말하는 사람
이 있다면, 그런 친구는 제 쪽에서 거절하겠어요. 그런 친구를 어
느 누가 필요로 하겠어요?

— 브론빈

뚱뚱하면 괴로운 때도 있어요. 너무 뚱뚱해서 다른 사람이 좋아

마음의 아름다움을 잃어버린
육체의 아름다움은 동물들의
장식에 지나지 않는다.
데모크리토스

하지 않는 일도 있으니까요. 자기가 좋아하는 남자 친구에게서 그
런 말을 듣는다면 정말 슬플 거예요. 그러나 그런 남자는 아주 마
음씨가 좁다고 생각해요.

— 로라

나이를 먹어 가는 즐거움

하루하루의 경험이 자신을 더욱 아름답게 가꾸어 준다

다행히도 엄마는 나이를 먹어 간다는 사실에 거의 무관심하
단다. 학교에서나 직장에서나 항상 주위 사람들보다 나이가
어렸던 탓도 있었겠지만, 엄마는 한 살 두 살 나이를 먹어 가
는 것이 즐거웠단다. 30세를 지나면서 엄마의 삶은 좋아졌고,
35세가 되면서부터 더욱 윤택해졌으니까, 나이를 먹어 갈수록
좋은 일만 생길 거라고 생각했지.

그런데 엄마가 너희에게 벌써부터 이렇게 나이를 먹는 일에
관하여 이야기하는 이유는 두 가지가 있다.

첫째, 여성은 나이를 먹으면 먹을수록 사람들의 관심으로부
터 멀어진다고 믿고 있다. 이 사실에 엄마는 아주 강력한 반
발을 느끼고 있단다.

둘째, 노화 방지를 위해서 건강에 주의하는 사람은 거의 없
는 것 같더구나. 그래서 이에 관해 이야기하지 않으면 안 되
겠다고 생각했지.

먼저, 첫째 이유에 관해 생각해 보자. 아주 먼 옛날부터 여
성들은 타인의 눈을 통해서 자기들을 보아 왔지. 특히 이성인
남성들의 눈을 통해서 자신을 보아 왔던 거야.

남성들의 뜻을 받아들여 자신의 발을 전족하고, 답답함을

참으며 코르셋으로 몸을 조이고, 실리콘을 주입하여 가슴을 부풀리고, 블래지어를 하여 빈약한 가슴을 풍성하게 보이도록 하는 등, 여러 가지 별의별 이상스런 방법으로 자신의 모습을 위작해 온 거야.

게다가 여성들의 성적 매력에는 연령적인 한계가 있어서, 그 연령을 넘게 되면 별 볼일 없는 존재가 된다는 생각에도 동의를 해 왔다.

이런 어리석은 사고 방식으로부터 해방되는 것이야말로 여성에게는 물론 남성에게도 이익이 된다고 엄마는 생각한다. 사람은 누구나 서서히 어른이 되어 가게 마련이니까. 성적·지적·감정적 경험을 포함한 세상의 모든 경험은 인생의 자격 증명서와도 같으므로 결코 무시할 수는 없는 거야.

이제, 둘째 이유에 관해서 말해 보자. 젊을 때는 자신의 육체는 불멸하리라고 생각한다. 제아무리 육체를 혹사시켜도 아무렇지 않다고 생각하는 거야.

솜으로 감싸듯이 지나치게 자신의 몸을 감싸라는 말은 아니다. 젊음의 특권은 많이 즐겨도 좋겠지. 다만 젊을 때와 같은 최고의 상태를 한평생 유지하도록 자기 몸에 관심을 기울여야 한다는 것을 너희에게 말하고 싶을 뿐이야. 그러기 위해서

라도 엄마가 이미 앞에서 말한 사항들 — 영양, 운동, 깨끗한
공기, 충분한 휴식, 그리고 스트레스나 고민을 갖지 말 것 —
을 다시 살펴보렴.

　평생의 건강을 지키는 데에 필요한 지식과 정보를 얻어서
건강하고 나이에 알맞은 행복감을 누리며 살 수 있다면, 너희
에게는 훌륭한 미래가 있는 것이다.

연령에 따른 아름다움

　중요한 것은, 너희가 현재 처해 있는 연령에 대해 자신을
어떻게 평가하고, 또 그것을 타인에게 어떻게 전할 수 있는가
이다. 다시 말해 자기에게 얼마만큼의 자신이 있는가 하는 것
이다. 너희가 진심으로 자기를 사랑하고, 자기에 대해 자신을
가지고 있다면, 나이를 먹음에 따라 더욱 아름답고 윤택한 삶
이 펼쳐질 것이다.

　자신을 잘 이해하고 있다면, 자기 인생의 득점도 실점도 정
당하게 평가하는 눈을 갖게 되어 미래의 전망을 펼칠 수가
있지. '점점 늙어서 살이 빠지고 뼈만 앙상하게 남아 가는 것
이 아니라, 점점 좋아져 가고 있다'라는 말이 모든 사람들에
게 적용되었으면 좋겠구나.

나이를 먹는 걸 두려워 말라. 걱정해야 할 일은 나이를 먹기까지의 여러 가지 장애를 극복하는 일이다.

G. B. 쇼

너희 세대에는 평균 수명이 비약적으로 늘어나리라고 믿는다. 1850년에 여성의 평균 수명이 몇 살이었는지 아니? 37세였어. 그러던 것이 지금은 72세로 되었다. 그렇다면 2020년에는 도대체 어느 정도가 될까?

미래를 건강하고 행복하고 싱싱한 것으로 만들기 위해 지금부터 많은 것을 배워 두기 바란다.

딸들의 생각

노인이 된다는 것은 기대할 만하다고 생각해요. 언제까지 똑같은 나이로 머물러 있을 수는 없으며, 또한 그런 걸 바라는 사람도 없을 거예요. 나이를 먹어 감에 따라 인생을 점점 잘 이해하게 되고, 자신과 남에 대한 이해심도 깊어 가겠지요. 그걸 생각하면, 노인이 된다는 것은 멋진 일임에 틀림이 없을 것 같아요.

저는 이 다음에 멋진 할머니가 되고 싶어요. 저는 노인들의 지혜를 존경해요. 저에게는 15년을 살아 온 만큼의 지식은 있는 것 같아요. 제아무리 세상을 오래 살더라도, 우리가 배울 일은 산더미같이 많으면 많아졌지 절대로 없어지지는 않을 거예요.

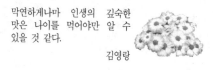

막연하게나마 인생의 깊숙한
맛은 나이를 먹어야만 알 수
있을 것 같다.

　　　　　　김영랑

　저는 오래 살아서, 되도록 젊은이들과 함께 여러 가지 모험이나
경험을 해 보고 싶어요. 그 때, 젊은이가 저를 보고 망령든 할망
구라고 부른다거나 한다면 가만두지 않겠어요.

　　　　　　　　　　　　　　　　　　　　— 브론빈

행복한 임신

뱃속에 작은 생명을 느끼는 긍지와 기쁨

생명을 잉태하는 과정에 대한 예비 지식을 제공하는 사람은 좀처럼 찾아보기 힘들지. 아마 출산과 성의 결부가 그것을 금기시하기 때문일 거야. 아니, 어쩌면 출산에 수반되는 육체적인 고통과 정신적인 감동을 말로 표현하기가 매우 어렵기 때문인지도 모르겠다.

이유야 어찌 됐든 여성이 임신과 출산의 경험을 딸들과 함께 나누어 갖지 못한다는 것은 참으로 슬픈 일이 아닐 수 없다. 그래서 엄마는 너희에게 임신과 출산에 대한 엄마의 경험담을 들려 주려 한다. 이에 대한 충분한 예비 지식이 있으면 임신을 하더라도 불안하지 않을 거야. 너희가 자녀를 가지기로 결정했을 때 도움이 될 수 있는 지식을 되도록 많이 가지고 있으면 좋지 않겠니?

너희 세대는 피하기 어려운 숙명으로서가 아니라, 지적으로 계산하여 어머니가 되는 것을 선택할 수 있는 최초의 세대란다. 그러니까 되도록 많은 정보를 모아서 그러한 선택에 임해 주기 바란다.

먼저 임신과 출산은 하나의 기적이라는 것을 말해 주고 싶구나. 아기가 처음 뱃속에서 움직이고 있었을 때, 엄마는 엄마에게서 아주 중요한 사건이 시작되고 있음을 느꼈단다. 좀

진부하게 들릴지는 모르겠지만, 바로 그 순간이 내가 우주와, 그리고 영원한 시간과 일체가 된 것이고, 비로소 틀림없는 '여성'임을 확인할 수 있었던 거야.

엄마는 그 때의 여러 가지 감정을 기억하고 있다. 그 때는 정말 당황스럽기도 하고 놀랍기도 했지. 이제까지 왜 아무도 이런 기묘한 감정을 이야기해 준 사람이 없을까? 엄마의 몸을 잠시 임자몸(宿主)으로 삼은 또 하나의 생명, 그것은 아무렇지도 않은 자연스러운 것이라고 할 수 없는 특별한 것이었음에도 말이야.

만약 누군가가 너희에게, 너희의 몸 안에서 한 사람이 자라고 있다고 말한다면, 매우 이상한 기분이 들지 않겠니? 원래 자궁이란 곳은 아기들을 위해서 존재하는 것이라고 누군가가 말해 준다 하더라도, 이런 기묘한 감정은 달라지지 않는단다. 엄마가 직접 체험해 보기까지, 다른 여성이 그런 느낌에 대해 엄마에게 말해 준 적은 없지만, 여성은 대부분 비슷한 느낌을 가지고 있지 않을까 생각한다.

몸은 힘들어도 긍지가 생긴다

처음 맞는 임신에 대해 엄마는 몹시 불안했단다.

사람은 두 번 탄생한다. 하나는
세상에 태어날 때의 탄생, 또
하나는 생활에 들어가는 탄생
이다.

J. J. 루소

그리고 또 육체적인 변화가 나타나면서부터는 더욱 안절부
절 못했지.

평소에 자랑스럽게 여기던 내 발목이 정말 두 배로 굵어져
버리는 것은 아닐까? 할머니는 곧잘 이렇게 말씀하곤 하셨지.

"우수한 말(馬)과 미인을 가릴 때는 우선 그 발목을 보면
알 수 있지."

임신선인지 뭔지 하는 것이 나의 몸에 주욱 그어져서 흉하
게 되는 것은 아닐까? 정맥이 툭툭 불거져 나온 이 다리가 과
연 23세의 내 다리일까? 이렇게 헛구역질을 하면서도 살아갈
수 있을까?

이런 마음의 동요 속에서도 엄마는 결국 완전한 여성이 된
자신의 모습이 자랑스러워지기 시작했다. 그리고 오랫동안에
걸쳐 전해져 내려오는 육아의 지혜도 물려받았으므로, 이제
완전히 어머니로서의 자격이 갖추어졌다고 믿었지.

그리고 엄마는 뱃속에 든 너희를, 아기 옷에 감싸인 예쁜
금발의 아기라고 생각해 보았어.

자, 이야기의 본론은 이제부터야.

엄마는 뱃속의 너희와 아주 열심히 친밀한 대화를 나누었
지. 하루 24시간 동안, 엄마는 너희와 대화를 나누었단다. 그

러다 보니 너희의 생김새까지 분명히 상상할 수 있었었지. 그래서 태어나기 전부터 너희의 초상화를 그리고 있었단다. 그런데 신기하게도 너희를 낳고 보니 엄마가 상상한 그대로였어. 여자 아이라는 것도 알고 있었거든.

처음 너희를 임신했을 때 어떻게 견뎌 냈는지, 지금 생각해도 아주 신기하기만 하구나. 임신 중에는 체질이 완전히 달라져 버리거든. 아침이면 눈도 제대로 떠지지 않았고, 물 냄새에도 속이 메슥거렸지.

그러다가 임신 중기가 되니 자신이 아주 강하게 느껴졌고, 또 아름답게 느껴지더구나.

임신 후기에는, 기다려지는 일에 대한 불안 때문에, '만일 하나님이 여성이었더라면, 임신 기간을 짧게 해 주셨을 텐데……' 하고 좀 원망하기도 했지만, 10개월째가 되자 그런 기분은 모두 사라지더구나.

매우 흥분된 상태가 되거나, 반대로 침울해지거나 하는 것은, 임신 중에 흔히 일어나는 현상이다. 어느 날에는 마치 세계를 지배할 수 있을 것 같은 기분이 들다가도, 다음 날에는 얼굴에 흰 수건을 덮고 영원히 이 세상과 작별하고 싶어지기도 하는 거야.

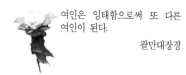

여인은 잉태함으로써 또 다른
여인이 된다.

팔만대장경

임신 중기에는 놀랄 만큼 예뻐졌다가, 후기에는 드럼통 같은 몸집이 되는 것도 자연스러운 현상이다. 한 생명이 몸 안에 자라나고 있어서 그것을 캥거루처럼 안고 다니지 않으면 안 되기 때문에, 자기의 몸이 남의 몸처럼 생각되는 것도 어쩔 수 없는 일이지.

이제까지 맛볼 수 없었던 기분, 육체 감각, 새로운 자각을 경험하는 10개월의 모험 여행에 나섰으니, 이렇게 여러 가지 일이 발생하는 것은 당연하지 않겠니?

아기 탄생이 가져다주는 기적의 기쁨

얼마 전에 엄마는 한 젊은 여인이 '아이를 가지면 몸매가 나빠지므로 임신 같은 건 절대로 하지 않겠다'고 말하는 것을 들었다. 임신선이 생기고, 바스트 모양이 나빠지고, 몸의 선이 망가진다는 등, 임신이 무슨 몹쓸 병의 후유증이라도 되는 듯한 어투로 말하는 것이었어. 그 어리석음이 엄마는 우습기도 하고, 슬프기도 했단다.

아기를 낳는다는 것은 우리 여성에게만 허락된 훌륭한 권리이다. 몸의 선이 좀 흐트러지는 것을 충분히 보상하고도 남을 사랑과 성장과 행복을 손에 넣을 수 있지.

갓난아기는 조화의 신(神)인 아
버지에게 있어선 기적이며, 그
성숙을 자기의 뱃속에서 견디
어 온 어머니에게 있어선 마술
적이다.

S. 보부아르

임신을 거부하는 이 여성의 경우, 아기를 갖지 않는 여성에
게 유방암이나 자궁암의 발병률이 높다는 사실을 알고나 있
는지 모르겠구나.

임신에는 확실히 육체적으로 괴로운 일이 여러 모양으로 수
반되기는 한다. 임신 후기에는 정말 어려움이 많지. 너무 피
로해서 등이 아프고, 방광은 태아로 인해 압박이 오며, 숨이
차고, 걷는 일조차 힘들게 된단다.

그리고 앉았다가 일어나는 일은 특히 고역이란다. 하지만
힘든 만큼 즐거운 일도 많이 있지.

그런데 말이다. 깜짝 놀랄 만한 신기한 일도 있어. 특히 마
지막 2개월 동안, 너희는 뱃속의 아기와 함께 생활한다는 사
실을 확인할 거야. 뱃속에서 아기가 움직이는 것이 느껴지거
든. 뱃속에서 아이가 축구라도 하는지, 발길질을 하기도 하고,
조그만 주먹을 불쑥 내밀기도 한단다. 때로는 빙그르르 돌기
도 하지. 그렇게 아기는 아주 활발하게 자기의 존재를 엄마에
게 알리려 애쓰는 거야.

그러니 그 아이를 빨리 만나 보고 싶은 생각이 들지 않겠
니? 그 아이를 얼른 낳아서 품에 안고 고사리 같은 작고 예쁜
손가락을 만지작거려 보고 싶기도 하고, '목소리는 어떨까, 몸

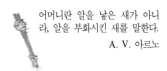
어머니란 알을 낳은 새가 아니라, 알을 부화시킨 새를 말한다.
A. V. 아르노

은 튼튼할까?' 하는 생각도 하게 되지.

엄마가 너희에게 하고 싶은 말은, 자기의 몸 속에 생명을 잉태하고 있다는 사실은 기적이라는 것이다. 그리고 일단 아기가 태어나면, 그 때부터 너희는 더 이상 아이가 아니야. 자기 본위의 행동에서 벗어나 아이와 함께 새로운 삶을 살아가야 해. 그리고 그러한 삶은 너희를 고독으로부터 탈출시켜 주고 사랑을 가득 채워 줄 것이다.

딸들의 생각

임신한다는 건 참으로 멋진 일이에요. 하나의 새로운 생명을 이 세상에 내보내는 일이니까요.

— 원더

저는 적어도 40세가 되기까지는 아이를 갖고 싶지 않아요. 아이에게 얽매여 제 인생을 망쳐 버리고 싶지는 않거든요.

— 시시

출산은 멋진 감동

일생에 가장 중대한 사건, 잊을 수 없는 체험

엄마가 너희를 낳았을 때의 감동이란 세상의 그 무엇과도 바꿀 수 없는 추억이란다. 엄마 자신의 어린아이를 처음으로 안았을 때의 감동이란 이루 말할 수 없었지. 너희 역시 앞으로 엄마와 똑같은 경험을 하게 될 것이다. 10개월 동안 자신의 뱃속에 들어 있던 생명을 품에 안았을 때의 그 감격을 그 어떤 말로 표현할 수 있겠니?

출산의 경험은 사람마다 모두 다를 거야. 엄마에게 진통이 시작되었을 때, 너희 할머니께서는 이렇게 말씀하시더구나.

"너는 지금 일생에서 가장 중요한 일을 하고 있어."

그 말씀은 사실이었어. 아니, 어쩌면 그 이상이었을지도 모른다. 엄마는 이 특별한 경험을 너희에게 전하고 싶구나. 대부분의 여성은 처음 아이를 낳을 때, 아직 젊어서 불안에 휩싸여 있기 때문에, 자신이 기적 앞에 직면해 있으면서도 그 의미를 차분히 되새겨 볼 여유가 없게 되지. 하지만 얼마쯤 세월이 흐른 다음에 되돌아보면, 그것은 역시 기적이라고밖에 달리 말할 수 없지.

의사와 남편이 지켜보는 가운데

텔레비전이 많은 것을 가르쳐 주는 시대에 살고 있는 너희

지혜로운 어머니가 사랑하는 딸에게 보내는 31가지 삶의 이야기

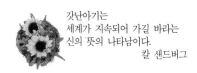

는, 출산에 관한 예비 지식을 조금은 가지고 있겠지만, 엄마의 경우 그러한 지식은 전혀 없었단다. 특별히 누가 가르쳐 주는 사람이 없으니 그것은 당연한 일이지.

당시에는 요즈음처럼 그렇게 책들이 많지 않았어. 엄마가 읽을 수 있었던 것은, 단지 무미 건조한 의학 서적들뿐이었지. 어쩌다 자신의 경험을 말해 주는 여성들도 애매한 말로 얼버무린다든가, 출산은 괴롭고 무서운 일이라는 정도로만 말해 줄 뿐이었지.

지금 생각해 보면, 첫 출산 때는 필요 이상의 공포감에 사로잡혀 있었기 때문에 고통이 더욱 컸던 것 같아. 자신의 무지와 주위 사람들의 무신경이 합쳐져서, 소중해야 할 경험을 비참한 것으로 만들어 버린 거지.

12개월 후의 두 번째 출산은 첫 출산 때와는 아주 달랐단다. 같은 경험이라고는 도저히 생각할 수 없을 정도였어. 유능하고 친절한 훌륭한 의사 선생님에 의해 아주 소중하게 다루어졌거든. 시시, 네가 태어날 때는 잠시 큰 소동이 있었을 뿐, 모든 일이 편안하고 순조롭게 진행되었단다. 정말 네 언니 때와는 대조적인 출산이었지.

그래서 엄마는, 출산 때는 좋은 의사를 찾는 것이 무엇보다

도 중요한 일이라고 믿는다. 너희는 출산이라는 훌륭한 경험
을 돕는다는 사실을 마음 속으로부터 기뻐하는 의사를 찾아
야 해.

그리고 출산을 훌륭한 경험으로 하기 위해서 또 한 가지 중
요한 것은, 남편이 출산의 자리에 함께 있어 주는 것이다. 엄
마는 너희가 출산할 때, 너희의 남편이 옆에 함께 있어 주기
를 바란다. 태어나는 갓난아기는 부모가 사이좋게 자기 인생
의 새로운 출발을 지켜봐 주기를 분명 바랄 테니까 말이야.

출산의 불안을 제거하자

아이를 낳을 때 임산부에게 있어서 가장 큰 적은 '불안'이란
다. 미지의 사실이니까 불안한 것도 당연하겠지. 출산에 따른
여러 가지 미신 같은 말이 전해져 내려오기도 하니까 말이다.

'도대체 얼마나 아플까?'

'태어나는 아기는 튼튼할까?'

최근에는 이러한 불안을 충분히 없애 줄 수 있는, 출산에
대한 기본적인 지식을 담은 책이 많이 나와 있지.

너희 세대는 배우고자 하는 의욕이 왕성하니까, 출산·의
사·마취법 등에 관해서도 많은 공부를 하겠지. 출산 과정에

관한 책이나 영화를 보고, 또 사람들의 이야기를 들어서 많이 배워 두도록 하렴. 자신의 몸에 관해서 잘 알면 알수록 쓸데없는 불안감은 없어질 테니까 말이야.

래머즈법(심리학을 응용한 통증 없는 분만법)의 지도자를 찾아서 자연 분만 방법을 배우는 것도 좋겠지. 출산 때 특별한 테크닉에 의지하는 것에는 반대하지만, 래머즈법에 의한 훈련 같은 심리학적 지식을 알아두면 아주 큰 도움이 될 거야.

너희 둘은 모두 엄마 못지않은 수다쟁이들이니까, 가능한 한 출산에 대해 많은 여성들과 대화를 나누라고 새삼스럽게 말할 필요는 없을 것 같구나. 의사 선생님이나 책은 감정적인 것까지는 가르쳐 주지 못하지. 그것은 출산 경험이 있는 여성들만이 가르쳐 줄 수 있는 것이란다. 그들이 말하는 모든 것을 잘 새겨듣고, 스스로도 잘 조사하여 출산에 임하도록 해야 한다.

누구나 자기 자식이 태어날 때의 일은 평생 잊지 못한단다. 그것은 여성으로서의 성장 기념비이기도 한 것이니까 말이야. 출산이란 것을 사랑으로 가득한 쾌적한 것이 되도록 하자. 10개월의 준비 기간이 있으니까 틀림없이 너희는 잘해 낼 줄로 믿는다.

사랑 속에는. 언제나 환상이 있
다. 왜냐 하면 거기에는 이상이
있기 때문이다.

H. F. 아미엘

딸들의 생각

여성과 갓난아기를 진심으로 잘 돌봐주는 의사 선생님을 선택
하는 일은 참으로 중요하다고 생각해요. 제가 아기를 낳을 때에
는, 저에게 모든 것을 가르쳐 주고 저의 질문에 친절히 대답해 주
는 의사 선생님을 선택하겠어요. 분만시 저에게 일어나고 있는 모
든 일을 알고 싶으니까요.

— 원더

사람들은 출산을 아주 훌륭한 일이라고 말하고 있죠. 저도 아기
를 낳을 때에는, 그것이 저와 남편의 훌륭한 경험이 되게 하고 싶
어요.

— 지지

어머니가 되는 것

아기를 키우는 일은 한없는 사랑과 성장의 기쁨

내가 너희 나이 또래였을 때에는, 여성이면 누구나 아내가 되어 어머니가 되는 것으로 생각하고 있었단다. 그래서 고등학교나 대학을 졸업하고 직업을 가진 여성도 아내나 어머니가 되기 전에 잠시 거쳐 가는 임시 직업이라고 생각했었지.

그러나 현대에 와서 어머니가 되는 것은 자기가 선택할 수 있는 문제로서, 옛날처럼 그렇게 피할 수 없는 숙명은 아니게 되었다. 이처럼 아내나 어머니의 길을 의식적으로 선택할 수 있다는 것은, 여성이 스스로 자신의 운명을 결정할 수 있으며, 또 세상에 태어나는 아기가 진정으로 어머니의 희망에 따라 태어난다는 사실을 의미한다고 생각한다.

이것은 정말 굉장한 발견이지.

너희가 어머니가 되려면 아직도 먼데, 지금 엄마가 이러한 글을 쓰는 까닭은 아주 간단하다. 너희가 아직 어렸을 때, 엄마는 어머니의 역할에 대한 지식이 없어서 아주 애를 먹었거든. 그러니까 너희가 엄마와 같은 전철을 밟지 않기를 바라는 마음에서 이 글을 쓰는 거야. 잘 들어주길 바란다.

여성이 지니고 있는 훌륭한 육아 본능

세상이 아무리 변해도 기본적인 것은 변하지 않게 마련이

다. 아이들이 가지고 있는 기본적인 욕구, 즉 보호받고 사랑
받고 안기고 싶다는 욕구는 인간성의 일부를 이루는 본능이
므로, 어머니는 지혜와 상식을 총동원하여 거기에 응해 주어
야 해.

돈 때문에, 혹은 자신의 발전을 위해 직업을 갖는 여성이
늘어가는 경향이므로, 창의력을 발휘하여 충분히 애정을 쏟아
서 자녀 교육을 시키지 않으면 안 되지. 그러려면 아기가 태
어나고 6개월이나 1년 동안은 하던 일을 쉬는 게 좋겠지. 너
희가 부와 명성을 추구하고 있다 하더라도, 그 정도쯤 쉬는
것은 대단한 장애가 되지 않을 거야.

핵가족 시대에 사는 현대 사회에서는 아기에게 몸 전체로
애정을 표현하는 것도 중요하다. 이것은 너희에게는 아주 쉬
운 일일 거야.

엄마가 아이에게 젖을 먹인다는 것은 칼로리라든가, 영양
문제를 훨씬 초월하는 그 어떠한 의미가 있다고 이야기하는
의사나 심리학자가 늘어나고 있다. 젖을 먹임으로 해서 갓난
아기의 감정이 풍부해진다는 거야.

어머니가 갓난아기를 품에 안고 모유나 우유를 먹이게 되면
아기에게 정서적인 안정을 주게 되지.

어머니는 우리의 마음에 열(熱)
을 주고, 아버지는 빛을 준다.

장 파울

　따뜻한 애정·위로·사랑·관능·포옹 같은 것은 인간을 공
포로부터 구해 주는 방파제와도 같은 거야. 이 안정감을 느낄
수 있는 권리는 그 어느 것도 너희의 아기로부터 빼앗을 수
없는 거지.

　자녀를 양육함에 있어서 가장 중요한 것은 자신의 정직한
기분에 따르는 거란다. 세상 사람들의 경고나, 아무리 선의에
서 나왔다 하더라도, 괜한 간섭이나, 자기가 어렸을 적의 기
억에 좌우되지 말아야 한다는 것이다. 생쥐나 호랑이에게도
자녀 양육 본능이 있는 것처럼, 우리에게도 그것은 자연적으
로 갖추어져 있으니까 말이야.

　다른 사람에게 들었다거나 책을 통해 알게 된 자녀 양육 법
칙에 너무 얽매이지 말고, 아기의 호소에 귀를 기울이도록 해
라. 그 호소는 자기와 함께 더 놀아 달라든가, 장난감이 갖고
싶다든가, 왜 그런지 설명해 달라든가 하는 것들이겠지. 아기
의 이러한 호소에 귀를 기울이는 동안, 엄마와 아기 사이의
관계는 보다 더 공고해질 것이다.

　심리학자들에 의하면, 우리는 자신의 어릴 적 기억에 의거
하여 아이들을 대하는 경향이 있다고 한다. 즉, 자기 부모가
자기를 대하던 대로 자기 아이들을 대한다는 거야. 그래서 그

모성애의 진실한 정취는 어린
아이에 대한 어머니의 사랑에
서가 아니라, 성장하는 아이에
대한 어머니의 사랑으로 이루
어진다.

E. 프롬

릇된 자녀 양육 방법이 그 세대에서 다음 세대로, 또 다음 세
대로 내려가게 된다는 거지.

너희도 아마 보았을 거야. 젊은 어머니나 아버지들이 케케
묵은 방법으로 자기 자녀들을 키우는 것을 말이야. 너희가 어
른이 되면, 이 엄마의 자녀 양육 방법을 잘 분별하여서, 나쁜
것은 버리고 좋은 것만을 본받아 주기 바란다. 세상에서 말하
고 있는 자녀 양육 방법도 마찬가지야.

자녀의 인격을 인정할 수 있는 어머니가 되자

얼마 전에 뉴욕의 한 종합 병원 엘리버이터 속에서 나이 든
한 의사가 젊은 인턴에게 이렇게 경고하고 있는 걸 보았다.

"아기의 증세에 관해서 이야기하는 아기 엄마의 말을 절대
로 흘려듣지 말게나. 의학상으로는 자네가 박식하지만, 어머
니에게는 어머니로서의 모성 본능이 있는 법이지. 그걸 우습
게 여겨서는 안 되네."

이 말을 듣고 엄마는 그 의사 선생님에게 절로 고개가 숙여
졌지. 정말 옳은 말이었어. 하나님이 코끼리나 얼룩말에게만
자녀 양육의 능력을 부여하고 인간에게는 부여하지 않았을
리가 없지 않겠니?

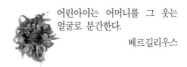

브론빈, 엄마는 네가 알렉시스와 재미있게 놀고 있는 모습
을 유심히 바라보곤 했단다. 그 모습은 아주 자연스러워서,
마치 어미 고양이가 새끼 고양이와 함께 장난을 치면서 놀고
있는 것 같았어. 그와 함께 놀아 주고, 얘기해 주고, 떠들어
대고, 때로는 그 아이를 공중에 띄워 올려 주기도 하더구나.
그리고 그 아이는 너를 무척 따랐고 말이야.

엄마가 알기론, 네가 아동 심리학 서적 같은 건 읽지 않은
걸로 안다. 그런데도 너는 참을성 있게 두 살 반짜리 어린아
이의 말을 받아 주면서, 이건 해도 좋고, 이건 해서는 안 될
일이라고 똑똑히 가르쳐 주더구나. 명령하듯이 "이걸 해." "저
건 안 돼!" 하고 말하지 않고, 그 아이를 하나의 인간으로서
존중하며 친절하게 대하는 네가 기특하더구나.

엄마가 자녀 양육에 대해 생각하고 있는 것이 바로 그것이
다. 아이를 잘 기르는 요령은, 아이를 아이로서만 생각지 않
고, 그 아이의 인격을 인정해 주는 거야.

모든 인간에게는 프라이버시·사랑·안전을 가질 권리가 있
으며, 설명을 요구하고, 폭력으로부터 지켜지고, 물건을 소유
하는 권리도 있다. 그 밖에도 정중하게 대접받을 권리, 친절
을 받을 권리 등등 일일이 셀 수 없을 정도의 권리가 인간에

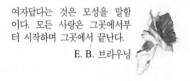

여자답다는 것은 모성을 말함
이다. 모든 사랑은 그곳에서부
터 시작하며 그곳에서 끝난다.
　　　　　E. B. 브라우닝

게는 있는 것이지.

그런데 대부분의 아이들은 자기 부모로부터 이러한 권리를
부여받고 있지 않아. 부모들의 기분에 따라 무거운 벌을 받기
도 하고, 어둠 속에 내팽개쳐지기도 하고, 자기의 소중한 장
난감이나 침대가 버려지기도 한다.

이런 부모의 처사로 인해 아이들은 '나는 어쩔 수 없는 한
심한 존재여서 행복한 인간이 될 수 없다'고 믿게 되는 거야.
그러니 가져야 할 자존심을 갖지 못하고 일생을 보내는 사람
이 적지 않은 것도 이상한 일이 아니지. 만일 부모가 어른과
똑같은 권리를 가진 하나의 인간으로서 아이를 생각한다면,
아이들이 자존심을 잃고 자라는 일 따위는 없을 거야.

어머니라는 지위는 하나의 특권인 동시에 엄숙한 책임이며
굉장한 기쁨이지. 그런데도 이것을 완전하게 수행하기란 거의
불가능하지. 그렇다고 해서 너무 자책할 필요는 없단다.

엄마는 때때로 이런 생각을 하지. 아이를 기를 때, 엄마에게
다소 서투른 점이 있기 때문에, 그 아이들이 불완전한 사회와
도 잘 타협하며 살아가는 것이 아닌가 하고 말이야. 그렇다면
자녀 양육에 있어서, 부모의 잘못도 정당함 못지않게 의미가
있는지 모른다.

어머니가 만들었으면 무명 셔츠도 따뜻하고, 남이 만들었으면 양모 셔츠일지라도 춥다.
핀란드 격언

　만일 부모가 그런 생각을 가지고 있다면, 자녀들로부터 배우는 것도 많으리라고 생각한다.
　미래의 지식은 끝없이 쏟아져 들어오고 있다. 과거로부터 물려받은 지식을 너희가 아이들에게 가르쳐 가는 것처럼 말이야.

딸들의 생각

　엄마가 된다는 건 아주 멋진 일이군요. 저는 연습으로 아이 보기를 해 보았어요. 그래서 한 가지 안 사실은, 세상의 많은 어머니들은 형편이 좋을 때에만 어머니 역할을 수행하려고 한다는 점이에요. 그리고 자기 기분이 나쁠 때에는 아이를 돌아다보지도 않는 거예요. 아기를 낳을 정도의 여성이라면, 아이를 제대로 기를 줄 알아야 한다고 생각해요. 언제나 아이들을 사랑하며 돌보아 주어야 하죠. 그런데 놀라운 일은, 어머니라는 사실을 아이들에게 기억시키기 위해서, 때때로 선물을 사다 주기만 하면 되는 줄로 아는 사람이 많다는 거예요.
　어머니라는 것은 세상에서 가장 중요한 직업이라고 생각해요.

아이들에게 사물의 이름이나 도덕을 가르치고, 인생의 가치관을 가르치기 때문이지요. 이는 마치 찰흙을 손에 쥐고 있는 조각가와도 같아요. 그것으로 훌륭한 작품을 만드느냐 못 만드느냐는 전적으로 그 어머니에게 달려 있죠. 저는 어머니라는 존재가 부럽지는 않지만, 어머니가 되고 싶은 생각은 있어요.

　　　　　　　　　　　　　　　　　　　　　— 브론빈

좋은 어머니가 되어야겠다고 열심히 노력하면서 자녀를 마음속 깊이 사랑하고 있으면 그것으로 충분하다고 생각해요. 왜냐 하면 자녀들도 그러한 사실을 알 테니까요. 부모가 자신을 진정으로 사랑해 주는지, 아니면 어쩔 수 없이 부모 노릇을 하고 있는지, 아이들도 알 수 있거든요.

　　　　　　　　　　　　　　　　　　　　　— 로라

저는 아이를 갖기 전에 제가 하고 싶은 일을 모두 해 둘 생각이에요. 그런 다음에 아이를 가져야 현명한 엄마가 될 수 있을 것 같고, 그 때에야 비로소 아이를 기르는 일이 훌륭하게 느껴질 것 같아요.

　　　　　　　　　　　　　　　　　　　　　— 지지

많은 부모들이 아이들의 인격을 인정해 주지 않고, 마치 노예처럼 아이들을 혹사시키고 있는 것 같아요.

'심부름 갔다 와라', '방 청소 좀 해라', '부모님 말씀을 잘 들어야 한다', '시키는 대로 해라' 따위의 말은 정말 싫어요. 왜냐고요? 어린이도 엄연한 하나의 인격체잖아요.

— 로라

제4부 마음에 관한 이야기

살아가는 동기를 찾아서

관대함과 베푸는 마음

사랑은 대가를 원하지 않는 사람에게 돌아오는 것

'대가를 바라지 말고 자선을 베풀어라.'

이것은 너희 외할아버지의 생활 신조였단다. 1920년경의 대공황 때, 젊고 가난했던 그분께서는 — 당시는 전세계 사람들이 가난했었지만 — 호주머니에 20센트만 넣어 가지고 날마다 뉴욕으로 나가셨다고 한다. 그 중 10센트는 왕복 지하철 요금이고, 나머지 10센트는 점심 때 샌드위치를 사 잡수시기 위한 것이었지.

그런데 외할아버지께서는 대부분 그 돈을 거지나 거리의 가난한 사과 장수에게 주어 버리곤 하셨다는 거야. 그들이 외할아버지보다 훨씬 더 가난하여 도움을 필요로 하고 있었기 때문이지. 그래서 점심 식사는 언제나 사과 한 개로 때우셨고, 8㎞나 되는 먼 길을 걸어다니셨다는 거야.

정에 약하여 곧 동정을 베풀어 버리는 그분에게 누군가가 이렇게 빈정거렸다는구나.

"저 거지는 롤스로이스를 타고 돌아다니는 큰 부자인데, 지금 자네를 속이고 있는지도 몰라."

그러자 외할아버지께서는 인상 좋은 미소를 띠며 이렇게 말씀하셨단다.

"나의 동정은 하나님의 이름으로 하고 있는 걸세. 만일 그

가 거리에서 거지 노릇을 할 정도로까지 영악했다면, 설사 그
가 억만 장자일지라도 마음은 나보다 가난하지 않겠나? 받은
돈을 어떻게 쓰건 나와는 상관이 없는 일일세."

구하는 사람에게는 선의를 베풀자

이 이야기를 듣고 엄마는 관대함이라는 것에 대해 생각해
보았다. 나이를 먹어 감에 따라, 관대한 마음씨야말로 이 세
상의 모든 좋은 것들의 원천이라고 생각하게 되었지.

사랑이란 베풀면 베푼 만큼 다시 그 사람에게로 되돌아온단
다. 시간을 유용하게 사용하면 좋은 일을 할 수 있고, 돈에
인색하지 않으면 자기보다 가난한 사람들을 도와줄 수 있으
며, 지식을 쏟아 놓기를 아까워하지 않으면 남을 가르칠 수
있고, 수고를 아끼지 않으면 끝없이 배울 수가 있겠지.

자신의 관대한 행위가 어떠한 결과를 낳을 것인지에 대해선
걱정할 필요가 없다. 이 세상의 부(富)도, 자신의 행위도, 남
에게 주기를 아까워해서는 안 된다. 그런 것들을 아까워해서
는 사람들과의 거리가 멀어지고, 그만큼 자신의 인간성을 축
소시키는 결과가 되거든.

선의를 가지고 남에게 주도록 해라. 작은 돈을 구걸하고 있

는 사람에게 용기를 내어, '25센트 동전을 줄까?' 하고 생각한다면 그렇게 하도록 해라.

누군가를 도울 수 있다면, 또 무언가를 가르칠 수 있다면, 너희가 곁에 있어 주기를 바라는 사람이 있다면 그렇게 하도록 하렴.

아무리 값진 선물이라 할지라도, 진심에서 우러나오는 것이 아니라면 가치가 없는 것이다. 그러나 아무리 작은 것이라도 즐거운 마음으로 준다면 이보다 더 훌륭한 보물은 없지.

외할아버지께서는 곧잘 이렇게 말씀하곤 하셨단다.

'어떤 것이라도 남에게 베풀면, 그것은 나중에 백 배로 돌아온다.'

그분의 경우에는 확실히 그랬던 것 같다. 그분처럼 다른 사람들로부터 진심으로 존경받고 흠모를 받은 사람은 아마 없을 거야. 이것은 외할아버지께서 너희에게 주신, 결코 돈과는 바꿀 수 없는 훌륭한 유산이지.

딸들의 생각

자신의 마음이 관대하지 못하면, 결코 남에게도 그것을 바랄 수
없겠지요. 남에게서 무얼 빌리고 싶다거나 무언가 나눠 갖고 싶을
때, 자신이 평상시에 그렇게 하지 못했다면 상대도 그렇게 해 주
지 않지요. 저는 누구에게나 관대한 편이에요. 물론 언니에게만은
예외이지만요.

— 시시

하려고 마음만 먹으면 할 수 있는데도, 대부분의 사람들은 다른
사람들에게 관대함을 베풀려고 안 해요. 그것은 자신의 행위에 대
해 보상받지 못하고, 오히려 기분 나쁘게 되는 것이 아닐까 하는
두려움 때문일 거예요.

하지만 관대함이란 아주 중요한 미덕이고, 또 남을 도와주면 그
나름대로의 보상과 만족감이 있지 않을까요? 저의 경우에는, 남을
행복하게 해 줬다고 생각하면 아주 기분이 좋거든요.

— 로라

실패는 성공의 어머니

실패는 많은 것을 가르쳐 준다

아인슈타인은 이런 말을 한 적이 있지.

"성공한 사람이 되려고 하기보다는, 그 사람이 없으면 곤란하다는 귀중한 존재가 되라."

이는 참으로 사려 깊고 훌륭한 충고가 아닐 수 없지.

현대를 살아가는 우리는 성공을 목표로 하라는 교육을 받으면서 자라 왔지. 미국은 공격적이고 성공 지향적인 나라인데도, 사회가 점점 복잡해짐에 따라 성공하지 않으면 안 된다는 국민에 대한 압력이 점점 높아져 가고 있다. 그래서 지금부터 엄마는 '실패'에 관해 잠깐 생각해 보려고 한다.

오뚝이 같은 마음가짐이 중요하다

'실패'는 평생 우리에게 붙어 다니며 떠나지 않는 악마의 그림자와도 같은 존재이지. 사람들은 자기가 실패한 것에 대해서는 마음 속으로 혼자 초조해할 뿐, 그에 대해 아무도 큰 소리로 떠벌리거나 하지 않는다.

어찌 됐든 우리는 목표하는 골인 지점까지 실패라는 검은 그림자와 함께 달리고 있는 거야. 치러야 할 시험, 할당된 일, 치열한 대결은 물론이고, 심지어는 오락 게임에서까지도 실패의 가능성은 항상 숨어 있지.

실패할지도 모른다는 가능성 때문에 올바른 목표에 대한 지지가 저지되어서는 안 된다.

A. 링컨

이처럼 늘 인생에 따라붙어 다니는 실패에 관해서 우리는 좀더 생각해 볼 필요가 있다.

먼저 너희에게 말해 주고 싶은 것은, 무슨 일을 하기 전에 절대로 실패를 예상하지 말아야 한다는 것이다. 왜냐 하면 마음 속으로 긍정적인 전망을 갖는 것만으로 이미 반쯤 성공한 것이나 마찬가지이기 때문이다.

그러나 만약 실패한다면 거기에 적극적으로 대처해 나가지 않으면 안 된다. 계획상의 실패, 또는 실행에 옮긴 다음의 실패라 할지라도, 오뚝이처럼 재빨리 일어서서 다시 전진해 나가는 거야.

실제로 실패로부터 재기하는 가장 좋은 방법은, 끈기와 노력을 가지고 다시 한 번 도전해 보는 것이다. 한 번 실패하더라도 칠전 팔기의 정신으로 딛고 일어나 성공을 쟁취하자. 끈기와 열의는 기적을 낳게 되어 있어. '실패는 성공의 어머니'라는 말은 너희도 익히 들어서 잘 알고 있을 거야.

과학자들이 성공하여 업적을 이루기까지는 숱한 시행 착오들이 있었음을 너희도 잘 알 것이다. 발명왕 에디슨이 백열전구 하나를 만들기까지엔 자그마치 6천 번째의 실험 끝에 이루어진 것이다. 몇 번째 도전하여 번번히 실패했다 하더라도

실패란 하나의 교훈에 지나지
않고, 호전하는 제1보이다.
W. 필립스

거기엔 경험이 플러스된다. 비즈니스와 마찬가지로 인생에도
손익 계산서가 있는 법이지.

그리고 가장 중요한 것은, 만일 실패를 했다 할지라도 절대
로 실망해서는 안 된다. 무기력과 절망감은 자기 파괴의 원인
이 되거든. 더욱이 자기의 인생에 있어서 별로 중요하지 않은
일에 실패했다면 재빨리 잊어버리는 것이 좋다. 그리고 정말
간절히 성공하고 싶었던 일이라면, 자신의 힘을 재정비하여
다시 한 번 도전해 보는 거야. 소극적인 사고 방식은 승리로
부터 자신을 멀어지게 할 따름이야. '하면 된다'는 적극적인
사고 방식으로 매진, 매진, 또 매진해야만 한다.

남의 이목 따위에 신경 써서는 안 된다

실패의 또 다른 면을 한번 생각해 보자꾸나.

실패란 주관적인 판단을 근거로 하고 있다. 그래서 세상의
눈으로 보면 실패라고 할 수 있지만, 자신의 게임 운영 면에
서 보면 성공이랄 수도 있지.

예컨대 아브라함 링컨은 대통령이 될 때까지 번번히 실패만
을 거듭해 왔지만, 그는 남다른 성공자로서 사람들에 대한 동
정심과 높은 지성을 겸비한 인물이었다.

실패를 경험하지 않는 인간은
대개 아무것도 하지 않는 인간
이다.

E. J. 펠프스

　자신의 척도와 가치관으로 인생의 성공 여부를 판단하는 것
이 중요해. 비록 세상 사람들이 손가락질을 한다 하더라도 자
기의 신념을 굽히지 말아야 한다. 세상의 눈으로 보면 실패로
보일지라도, 여자로서, 아내로서, 어머니로서, 직업인으로서,
사상가로서 훌륭한 성공을 거두는 예는 얼마든지 있으니까
말이야.

　또 세상의 상식적인 잣대로 잴 수 없는 큰일을 하는 수도
있지. 아인슈타인의 경우, 수학에서는 낙제 점수를 받았지만
상대성 이론을 완성시켰고, 또 에디슨의 경우, 중학교에서 퇴
학을 당했지만 발명왕이 되었으며, 모든 일에 실패만 거듭했
던 링컨은 대통령이 되어 그 이름이 지금까지도 역사에 길이
남아 있지 않니?

　너희도 앞으로 무엇인가에 실패할 때가 있을 것이다. 예를
들면 좋은 점수를 받을 줄로 알았던 시험에서 실패하는 일도
있을 수 있고, 우승할 줄 알았는데 꼴찌가 되는 일도 있을 수
있으며, 동료들과 견해가 달라서 비웃음거리가 되어 명예를
손상당하는 일도 있을 수 있다.

　하지만 그런 건 전혀 문제되지 않는다. 문제는 너희가 그
실패에 어떻게 반응하고, 거기에서 무엇을 배우고, 어떤 힘을

얻느냐 하는 것이다. 다시 말해 실패를 성공의 발판으로 삼을 수 있어야 한다. 진정한 실패란, 한 번의 실패에 좌절해 버리는 바로 그 마음이야.

'호랑이 새끼를 잡으려면 호랑이 굴에 들어가야 한다'란 말이 있는데, 이는 참으로 옳은 말이다. 그리고 아인슈타인의 말과 같이, '그 사람이 없으면 곤란하다는 귀중한 존재'인 여성이 되기 위해서라도 여러 가지 일을 해 봐야 한다. 실패를 무작정 두려워하는 사고 방식을 버려야 한다. 승리와 패배를 함께 경험한 사람이 결국에는 무한한 꿈을 이룰 수가 있는 거란다.

딸들의 생각

최선을 다했지만 성공하지 못한 경우, 어느 누구도 그 사람을 책망해선 안 된다고 생각해요. 사람은 누구나 크든 작든 실패하게 마련이니까요. 모든 일을 언제나 완전하게 해낼 수 있는 사람은 이 세상에 한 사람도 없어요.

무슨 일에 실패했다고 하여 자포자기해서는 안 된다고 생각해

기쁨이 천국의 화창한 날씨라
면, 절망은 지옥의 안개라고 할
수 있다.

　　　　　　　　J. 단

요. 분명한 태도로 자신이 경험한 그 실패에서 무언가를 배워 다
시 한 번 시도해 봐야겠지요.

— 브론빈

　어떠한 일에 실패했다 하더라도, 그 일에 정면으로 맞서서 다시
한 번 대결하는 투지가 중요하다고 생각해요. 성공하기 위해서라
도 우리는 절대로 포기하거나 좌절하지 말아야겠죠.

— 로라

성실성을 잃지 말자

손해를 보더라도 올바른 길을 선택해라

누군가가 이런 말을 한 적이 있다.

"거짓말을 함으로써 입게 되는 최대의 손해는, 두 번 다시 사람들로부터 신용을 받지 못하게 되는 것이다."

명예에 문제에도 이와 똑같은 원칙이 적용될 수 있겠지. 명예를 중시하는 사람은 다른 사람에게도 그것을 기대할 것이며, 성실한 사람은 다른 사람에게도 그것이 갖추어져 있다고 생각하는 법이란다.

엄마는 너희가 신용과 명예와 성실을 특별히 소중하게 여겨 주었으면 좋겠다. 요즘 젊은이들은 너무 '실리성'만을 강조하고, 신뢰나 명예, 성실성 같은 것은 도외시하는 경향이 있는 것 같아 안타깝기 그지없구나.

옛날에는 모든 사람들이 '신사 숙녀'라고 불리는 것을 무척이나 부러워했단다. 그런데 진정한 신사 숙녀는 다음과 같은 훌륭한 것들을 갖춘 사람만이 될 수 있었지.

고귀한 영혼 / 어떤 경우에도 도덕적으로 바르게 행동해야 했지. 숙녀가 곤경에 처한 것을 보면, 신사는 어떤 상황이든 그녀를 구조하기 위해 달려가야만 했어. 그렇지 않으면 그는 '비신사'라는 불명예스러운 말을 들어야 했지. 명예를 위해 자기 희생이 요구되는 때에는 자진해서 자신을 희생해야만 신사란 말을 들을 수 있었지.

의무 / 이것은 누구나 지켜야 하는 것이었다. 만일 누군가에게 의무가 주어졌을 때, 그가 그것을 해내지 못하면 굉장한 불명예로 여겼단다. 일신의 명예에 관련되는 일을 수행하지 않고도 자신이 잘 했다고 생각하는 사람은 아무도 없었지.

성실성 / 옛날에는 사람의 말 한마디가 증서와도 같은 효력을 가지고 있었지. 그리고 사회가 그것에 의해 성립되고, 서로의 말을 준수하며, 심지어 그것이 도덕적 규준이 되었어.

명예·의무·성실, 그리고 고귀한 혼 등의 신조가 모두 일상 생활의 매우 중요한 부분을 차지하고 있어서, 그것을 빼놓은 생활 방법이란 생각할 수조차 없었지.

엄마가 이런 말을 하면 시대에 뒤떨어진 진부한 말이라고 생각할지 모르지만, 그 본질은 예나 지금이나 변함이 없다고 생각한다. 가치관이 혼란하여 무엇이나 통용되는 시대이니까, 이런 때일수록 더욱 도덕적 규준을 설정하는 것이 중요하다고 생각한다.

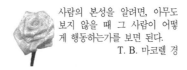

아무리 작은 일이라도 속이지 말자

매사에 도덕적으로 행동한다는 것은, 주위 사람들이 모두
그처럼 행동하지 않기 때문에, 그리 쉬운 일이 아니다. 더구
나 옳은 것과 그른 것조차 분별하기 힘든 현대에는 그것이
더욱 힘들게 되었지.

그러나 설사 그 분별이 가능하다 하더라도, 언제나 올바르
게만 살기는 힘들겠지. 특히 난처한 일에 직면하게 되는 때라
든가, 자기가 불리하게 되는 때는 옳고 그름을 생각하기 이전
에 자기 본위로만 행동하게 되는 게 우리 인간이지. 그래서
누군가가 말했다지? '인간의 본성은 아무도 보지 않는 어둠
속에서 나타난다'고 말이야.

엄마는 고등학교 시절에, '아무도 모르는데, 이걸 어쩌면 좋
지?' 하는 상황에 처해진 적이 있단다.

졸업식장에서 엄마가 졸업생 대표로서 고별사를 낭독하기로
결정되어 있었는데, 그 때 엄마와 전교 수석을 다투던 한 남
학생이 있었지. 그 남학생도 공부를 아주 열심히 했었지. 그
런데 우연히 엄마는 그가 졸업 시험에서 컨닝을 계획하고 있
다는 사실을 알게 되었단다. 그렇게 되면 그가 졸업 시험에서
일등을 하게 될 테고, 졸업생 대표로서 고별사도 그가 하게

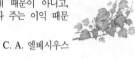

되는 것이지. 그러니 엄마는 당연히 화가 머리끝까지 치밀어 오를 수밖에. 그 때 엄마는 망설였지.

'그렇다면 나도 컨닝을 할까? 그만이 컨닝을 한다면 너무 불공평하지 않은가?'

엄마는 이 일을 부모님과 의논했어. 그런데 대답은 '네 스스로 결정해라'였지. 그리고 이렇게 덧붙이시더구나. '네가 옳은 길을 택하든 그른 길을 택하든, 아무도 모르는 일이긴 하지만 말이야.' 어쨌든 자기가 저지른 일은 자기가 책임지며 살아가라는 말씀이셨지.

그 때 엄마가 어떤 결정을 내렸는지 무진 궁금하지? 엄마는 컨닝 같은 것은 하지 않기로 결정했어. 그 결과, 엄마의 평균 점수는 그 남학생보다 조금 낮았고 말이야. 다른 사람들은 모두 그가 승리자로 보였을지 모르지만, 엄마는 나 자신의 올바른 행동에 대해 가슴 뿌듯했단다.

이 때의 경험은 엄마에게 커다란 의미를 부여했지. 그 뒤로 엄마는 언제나 마음 속으로 옳고 그름을 분별하여, 아무리 손해를 본다 하더라도 올바른 쪽을 선택했지.

그렇다고 엄마가 결코 속없이 좋기만 한 사람이라는 말은 아니다. 말하자면 무질서보다는 법과 질서가, 미개의 상태보

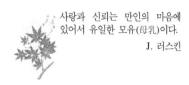
다는 문명이, 불명예보다는 명예가 훨씬 좋다고 이해하면서
살아 온 거야. 결국 자신의 태도를 분명히 결정해야만 할 때
는, 다른 사람이 보든 안 보든 스스로에게 납득이 가는 행동
을 취한 거지.

아무리 사소한 일이라 할지라도 한번 속이게 되면 그것이
습관화되어 버리지. 만일 컨닝을 해서 좋은 점수를 받게 되면
열심히 공부하는 것이 어리석게 느껴진다. 한번 속임수로 성
공을 거두는 데 맛을 들이게 되면, 그와 같은 행위를 되풀이
하지 않고는 못 배기게 되지. 그런 부정적인 방법으로 아무리
좋은 시험 점수를 받는다 하더라도, 그것이 진정 자기 자신을
위해 공부한 것이라고 할 수 있을까?

자기 나름의 도덕관을 가지자

너희 자신이 신뢰받는 인간이며, 또 남을 신뢰할 수 있다는
것은 살아가는 데 있어서 매우 중요한 일이다. 그런데 어째서
이 중요한 사실이 오늘날에 와서 간과되고 있는지 모를 일이
야. 지금부터 이 문제에 대해 완전히 실리적인 입장에서 생각
해 보자꾸나.

예를 들어 만일 너희가 엄마를 신용할 수 없어서 한 가지

한 가지를 모두 의심해야만 한다면 어떤 사태가 벌어질까? 엄마의 이야기, 엄마의 충고, 엄마가 주는 정보 등을 모두 의심해야만 한다면, 우리의 생활은 몹시 괴로운 것이 될 거야.

명예와 신뢰를 중요시하는 것이 시대에 뒤떨어진 것이 되었기 때문에, 가족과 친구들의 말까지도 모두 액면 그대로 받아들일 수 없다면 어떻게 될까?

이것은 정말 무서운 일이 아닐 수 없다. 사람들은 긴장과 혼란에 빠져서 아무것도 할 수 없게 될 거야.

엄마가 아주 극단적인 말을 했는지는 모르겠으나, 아주 빗나간 말은 아닐 것이다. 도덕적 가치가 소멸되고 명예나 진실이나 신뢰가 임시 방편적인 잔꾀와 불명예로 대신된다면, 문명이 땅에 떨어져서 결국 피해를 입는 것은 우리 자신이다.

엄마는 너희 세대가 명예를 중시하지 않고, 사람과 사람 사이에 신용이 없는 세대라고 하는 것은 아니다. 젊은 사람들은 세상의 타락이나 사물의 이면에 숨어 있는 해악의 영향을 특히 받기 쉽다는 사실을 말하고 싶은 거야. 텔레비전은 가정에 선과 악을 모두 가지고 들어오거든. 도덕적인 이정표가 점점 적어져 가는 가운데에서 너희들이 선악을 분별해 내기란 쉽지가 않단다.

도덕적 혼란으로부터 자신을 지키는 최상의 방법은, 살아
나가는 데 있어 지주가 되는 자기 나름의 신조를 지니는 것
이다.

너희가 세상을 살아 나가다 보면 온갖 난처한 입장을 만나
게 될 것이다. 진퇴양난의 늪에 빠지는 경우도 있을 거야. 그
가운데에는 먼 훗날까지 큰 영향을 주는 것도 있을 것이고.
하지만 자기 나름의 확고한 윤리관만 지니고 있다면, 자신감
을 가지고 결단을 내릴 수 있으리라 생각한다.

딸들의 생각

신뢰는 스스로가 노력하여 얻는 것이라고 생각해요.

— 지지

누구나 신뢰와 명예를 중시하는 인간이 되어야 한다고 생각해
요. 서로가 서로를 신뢰하는 것은 매우 중요한 일이죠. 그것은 모
든 인간 관계의 기본이기 때문이지요.

어머니와 딸, 남자친구와 여자 친구의 관계도 신뢰가 없으면 성

우리 생활에서 의무라는 것이
없어지면 기둥이 빠져나간 건
물처럼 서 있지를 못한다.
　　　　J. 주베르

립될 수 없지요.

— 시시

　저는 부모가 자녀들을 더욱 신뢰해 주었으면 좋겠어요. 그것이
부모로서 현명한 방법이라고 생각해요. 자신이 신뢰받고 있다고
생각하면, 누구나 그 기대에 어긋나지 않도록 노력할 테니까요.
부모의 믿음을 저버리는 행동을 취하는 자녀들은, 부모가 자신을
믿어 주지 않는다고 생각하기 때문이 아닐까요?

— 로라

예의 바른 품격을 가져라

남녀 평등 시대에도 여성 본연의 마음가짐을 잊지 말아야

엄마가 젊을 때 활약하던 어느 에티켓 평론가는 '예의 범절이란 남에게 폐가 되지 않게 행동하는 것이다'라고 말했지. 간단한 정의지만, 참으로 좋은 표현이라고 생각해.

다른 사람의 마음이 편안하도록 너희가 배려하면, 너희 자신의 기분도 자연히 편해진다. '예의 범절은 다른 사람에게 베푸는 친절이다'라고 이해하면, 그것은 결코 딱딱한 것이 아니라 지극히 인간적인 것이 될 것이다.

단순히 사교상의 결정적인 에티켓 몇 가지를 기억하는 것이 중요한 것이 아니라, 그것을 인생의 생활 방법으로까지 확대해 생각하는 것이 중요하다.

품위는 부나 환경과는 관계가 없지. 엉성한 통나무 오두막 집 속에서도, 큰 저택에서의 대접이나 다름없는 정중한 접대를 할 수 있거든. 단지 진심으로 사람들을 기쁘게 해 줄 마음이 있느냐 없느냐가 문제이지. 너희는 타인의 기분을 헤아려 그들의 행복을 생각해 줄 수 있는지 궁금하구나.

여성들에게 있어서 이것은 어려운 일이 아니지. 천성적으로 여성은 사람을 사랑하며, 자녀 양육의 역할을 맡은 인간이고, 본능적으로 남의 시중을 들어 줄 수 있도록 되어 있으니까 말이야.

마음에 관한 이야기

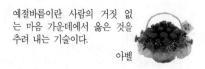

예절바름이란 사람의 거짓 없는 마음 가운데에서 옳은 것을 추려 내는 기술이다.

아벨

'여성 해방'의 목소리가 세상에 드높게 울려 퍼지기 시작하던 무렵, "남녀 평등이 이루어지면, 굳이 남성이 여자를 위해 의자를 당겨 주거나 문을 열어 줄 필요도 없겠군" 하는 남성의 소리도 들렸다.

이 얼마나 마음이 좁고 바보 같은 반응이냐? 여성에게 의자를 당겨 주거나, 문을 열어 주거나, 양보해 줄 때의 남성의 동작은 매우 품위 있으며, 여성 또한 그것을 품위 있게 받아들이는 데 말이야.

평등이라는 것이 남녀간의 예의까지 파괴한다면, 정말 한심스러운 일이 아닐 수 없다. 예의는 인생에 기쁨과 아름다움을 더해 주는 소중한 것이란 사실을 기억해 주기 바란다.

예의는 개인과 사회의 안정제

시대에 따라 예법이 달라지겠지만 그 원칙은 바뀌지 않는다. 오늘날에는 한쪽 다리를 뒤로 빼면서까지 인사할 필요는 없지만, 마음이 담긴 정중한 악수는 매력을 더해 주듯이 말이다.

예의는 일종의 안정제 역할을 한다고 생각해. 예의는 자기의 자존심에 상처를 주지 않으면서 보통 때는 넘기 어려운

예의 바르게 행동하는 것, 이처
럼 값싸게 얻는 기쁨이 또 어
디 있을까? 돈 한 푼 안 들이고
도 상대방에게 많은 것을 준다.
자비와 마찬가지로, 자신에게도
행복을 가져다 준다.

우이먼

사회의 여러 가지 장벽을 뛰어넘을 수 있게 해주지. 난폭하고
성급하고 무뚝뚝한 현대 생활을 누그러뜨려 주기도 하고 말
이야. 주위 사람들에게 항상 마음을 쓰며 대하고, 아무리 사
소한 약속일지라도 잘 지킨다면, 서로 다투는 일 없이 기분
좋게 살 수 있을 거야. 예의는 자기의 생활을 쾌적하게 해 주
는 것이기도 하거든.

인류가 문명화되는 데에는 수천 년이라는 긴 세월이 걸렸
지. 이처럼 긴 세월을 거쳐 우리 앞에 나타난 예의를 실행해
옮기게 되면, 인생은 상상 이상으로 즐거워질 거야.

딸들의 생각

특히 우리 여성의 경우, 예의 범절과 품위에 대해 언제나 신경
쓰지 않으면 안 된다고 생각해요. 사람은 언행으로써 그 인품이
판단되는 것 같아요. 식사 방법, 말투, 전화할 때의 태도, 악수 방
법 등에서 말이에요. 예의 바른 행동을 하여 다른 사람들에게 좋
은 인상을 주는 것은 자신을 위한 일이 되지요.

— 시시

우정이란 무엇인가?

욕심 없는 기브 앤드 테이크는 서로를 성장시킨다

우정에 관한 한 너희가 엄마의 조언을 별로 필요로 하지 않을지도 모른다. 너희는 친구들과 우정을 오랫동안 나눠 왔고, 친구란 어떤 것인가에 대해서도 이해하고 있을 테니까 말이야.

그러나 엄마는 너희보다 세상을 좀더 오래 살았고, 그에 대한 경험도 있으니까, 그 경험에 비추어서 몇 마디 조언을 해 주고자 한다.

결점을 알면서 사랑해 주는 친구가 진정한 친구

우정에는 기브 앤드 테이크가 따르게 마련이다. 그 균형은 때때로 변하기도 하지. 어떤 때는 주기만 하고, 또 어떤 때는 받기만 하는 경우도 있으니까 말이야. 그러나 긴 안목으로 보면 서로 평등한 것이지.

친한 사이에도 예의는 필요하다 / 진실로 관심을 갖고 하는 행동과 쓸데없는 참견과는 구별해야 한다. 마음을 써 주는 것과 귀찮게 참견하는 것과는 다른 것이지. 그러므로 상대가 허용해 주는 선까지만 친구의 생활에 개입해야 한다.

우정을 오래 지속하고 싶다면 이 한계선을 항상 염두에 두

194

어야만 한다. 예를 들어 너희가 친구에게 '넌 너무 뚱뚱해'라고 했다고 하자. 그러면 그 친구가 아무리 너희와 친하다 하더라도, 그녀는 마음에 상처를 입고 화가 날 게 뻔하다. 그런데 반대로, 그녀가 너희한테 자기의 뚱뚱함을 걱정하면서 허심탄회하게 상담에 온다면 친절하게 도와줄 일이다.

우정에도 계절이 있다 / 더욱 깊어 가는 우정도 있고, 점점 시들어 가는 우정도 있고, 어떤 형태로 고정되어 있는 우정도 있을 것이다. 또 우정에도 계절이 있단다. 매우 친밀할 때가 있는가 하면, 약간의 거리를 유지하는 것이 좋을 때도 있지. 서로 독신이어서 홀가분하면 함께 행동하는 일이 많아질 것이며, 양쪽 모두가 결혼을 하거나 한쪽이 이사를 가거나 하면, 만나는 일이 적어져서 우정의 양상이 달라져 가게 되지.

자신을 드러낸다 / 친구와 엄마는 서로에 대해 아주 잘 알고 있단다. 사람은 아무에게나 자기 마음을 털어놓지 않지. 하지만 진정한 친구끼리는 서로 자기의 마음 속에 있는 이야기를 털어놓고 주고받게 되지.

진정으로 우정을 나누는 사람에게는 안심하고 자신의 감정

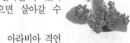

형제가 없어도 살아갈 수 있지
만 친구가 없으면 살아갈 수
없다.

아라비아 격언

을 솔직히 내보이고, 있는 그대로의 자신의 모습을 드러내 놓
지. 인도의 위대한 철학자이며 시인인 타고르는, 자기의 결점
에 대해 너무나 잘 알고 있으면서도 자기를 사랑해 주는 친
구에게 감사의 편지를 보내기도 했단다.

우정의 크기에 따라 다르겠지만, 서로가 있는 그대로의 자
신을 드러내어 교제하면, 비록 결점이 있을지라도 자신은 사
랑받고 있다는 기쁨을 맛보게 될 거야.

친구 선택은 직관으로 / 친구를 선택하는 데에는 무언가 운명
적인 힘이 작용하는 것 같다. 처음 만났는데도 이미 오래 전
부터 사귀어 온 친구인 듯한 느낌이 드는 사람들이 있지 않
니? 마치 전생에서 친하게 지내기라도 한 것처럼 말이야. 엄
마의 경험으로 보아도, 이처럼 곧바로 의기가 투합되는 친구
도 있었지만, 대부분의 경우 한 사람을 친구로 여기게 되기까
지는 상당한 시간이 걸린다.

친구 관계가 모두 이상적일 수는 없겠지. 때로는 실망하게
되는 경우도 있을 거야.

'너의 직관력을 믿어라.'

이것은 친구를 선택함에 있어서 엄마가 너희에게 하고 싶은

지혜로운 어머니가 사랑하는 딸에게 보내는 31가지 삶의 이야기

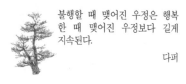

말이다. 사람의 감정과 이성은 조화되어 작용하는 것이기 때문이야.

자신을 진정으로 소중히 여기면, 당연히 좋은 친구를 선택하겠지. 단순히 부나 명성따위에 미혹되지 말고, 정신적으로나 지적으로 풍부한 사람을 선택해야 한다.

우정은 서로를 풍요롭고 즐겁게 해 주는 것이다. 친구로부터 많은 것을 배우고, 또한 함께 성장해 갈 수 있지. 너희는 솔직하고 지적이고 뛰어난 직관력을 가지고 있으니까, 친구를 잘못 선택하는 일은 없겠지.

험담은 금물 / 친구들에게 성실로 대하기를 바란다. 너희 자신이 친구를 험담하지 않아야 함은 물론, 다른 사람 역시 너희 앞에서 자기 친구를 험담하게 해서는 안 돼. 남의 말하기를 좋아하는 친구는 좋은 친구가 못 돼. 또 친구가 너희에게 그 어떤 고민을 털어놓는다면, 결코 그것을 다른 사람에게 이야기해서는 안 된다. 그 친구는 너를 믿을 만한 친구로 여겨서, 마치 신부님 앞에서 고해성사하는 마음으로 털어놓았을 테니까 말이야.

다 아는 것을 말한다고 생각할지 모르겠다. 어쨌든 진정으

로 신뢰할 수 있는 사람을 곁에 두고 마음을 열며 살아가는
사람은 아주 행복한 사람이야.

여성은 우정 기르기의 선수

'남자의 우정'에 관해서는 잘 모르겠지만, 대체적으로 남성
은 여성만큼 친숙한 친구 관계를 갖고 있지 않는 것 같다. 아
마 남성은 스스로의 힘으로 살아가도록 배우며 자랐기 때문
일 거야. 아니면 아기 때에 주입된 프로그래밍 때문이든지.

이에 비해 우리 여성들은 우정을 기르는 데 선수이지. 서로
터놓고 이야기를 나누기도 하고, 기쁨이나 슬픔을 함께 나누
기도 하고, 서로 충고하며 지혜를 나누기도 한다. 이것은 여
성의 사회적 지위가 낮은 것과도 관계가 있는지 모르겠구나.
억압받는 자들끼리의 비밀스러운 구원 조직이라도 만드는 듯
한 느낌이거든. 그렇지 않으면, 여성은 천성적으로 사람을 사
랑하고 돌봐주는 데에서 보람을 느끼기 때문일까?

엄마는 너희를 각각 임신하고 있던 2년간 샬로트에서 살고
있었는데, 그 때 두 친구가 정말 여러 모로 도와주었었지. 그
러다가 우리가 북부로 이사하게 되면서 엄마는 그 두 친구와
서로 멀리 떨어지게 되었단다.

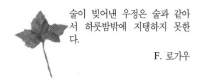

술이 빚어낸 우정은 술과 같아서 하룻밤밖에 지탱하지 못한다.

F. 로가우

그 뒤 우리는 연락이 안 돼 10년 가까이나 소식을 모르고 지냈지. 그런데 일주일 전에 그 중의 한 친구가 갑자기 뉴욕으로 찾아오지를 않았겠니?

우리는 정말 오랜만에 함께 식사를 했다. 그러자니 자연히 추억을 떠올리며 옛날 이야기를 했지. 여자끼리만의 독특한 결속, 육친과도 같은 그 결속이야말로 파란만장한 세상을 살아나가는 데 있어서 마음의 기둥이 되어 준단다.

이와 같은 결속은, 남녀 사이와는 분명히 다른 것이다. 여자들의 우정은 서로가 위로를 구하고, 서로 의지하며, 경험을 교환하기도 한다. 특별히 둘 사이에만 통하는 위안과 격려의 말이 있거든.

이 암호로써 맺어진 여성의 우정은 단결력이 강하여 남성이 끼어들 수 없는 곳이다.

하지만 엄마가 여기서 너희에게 말해 두지 않으면 안 될 것이 한 가지 있다. 엄마는 '여자끼리의 유대는 강하다'는 사고 방식을 경계하고 있지. 엄마는 여성 친구들에게 뜨거운 우정을 느끼면서도, 페미니스트(여권론자) 운동에서 부르짖는 '여성의 단결'에는 부정적인 생각을 가지고 있다.

'강력한 여성의 단결'이라니, 어딘가 모르게 온몸이 오싹해

지는 것 같지 않니? 이 말을 들으면 엄마는, 제복으로 몸을
감싼 여성의 대군(大軍)이 행진해 오는 모습이 연상된다.

　누군가에게 압력을 가하고자 하는 생각이 아니라면, 이렇게
힘을 과시할 필요까지는 없지 않을까? 그러한 호전적인 열광
주의는 엄마를 우울하게 만든다. 너무나 강력한 여성의 동맹
은 자칫 엘리트 집단이라는 착각을 불러일으키게 된다.

　그 구분이 엄마는 마음에 걸리는 거야. 가족 혹은 문명을
구하기 위해서는 남녀가 서로를 깊이 이해해야 하고, 손을 마
주잡지 않으면 안 돼. 분단이나 힘에 의한 위협은 커뮤니케이
션을 부정한다. 이 커뮤니케이션이야말로 밝은 미래로 나가는
열쇠인데도 말이야.

현대는 남녀간의 참된 우정이 싹트는 시대

　어떤 여성이 엄마에게 이렇게 말하더구나.

　"남편에게도, 친구들한테 이야기하듯이 그렇게 솔직히 이야
기하고, 어떠한 어려움도 이해받을 수 있다면 좋겠어요."

　엄마는 그녀가 말하고자 하는 것이 무엇인지 알지. 똑같은
경험을 갖고 있으면 군이 서로를 이해시키기 위한 말은 필요
가 없단다. 이와 같은 완전한 이해는 남녀 사이에서도 필요하

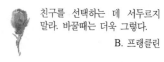
지. 그것이 불가능하다면, 어떠한 노력이라도 아껴서는 안 되겠지.

최근에는 젊은 남녀 사이에 진정한 '우정'이 싹터 가고 있는 것 같다. 시시, 지지, 너희는 주로 너희의 남자 친구에 대해 즐거운 듯이 화제로 삼고 있더구나.

그리고 브론빈, 네가 남자 친구와 이야기를 나누고 있는 모습을 보면, 여자 친구하고 이야기할 때와 조금도 다름이 없어. 거리낌없이 무엇이든 이야기하는 것 같았다.

엄마가 젊었을 적에는 남녀 모두에게 여러 가지의 제약이 따라서 서로의 진심을 잘 파악할 수가 없었단다. 그러나 지금은 남성이나 여성이나 솔직히 이야기를 나누고, 서로에게 흥미를 가지고 상대의 이야기를 듣고 있더구나. 이는 정말 굉장한 발전이지.

확실히 여자 친구는 세상을 살아가는 동안 많은 힘이 된다. 너희의 세대에는, 여자 친구만큼 남편에게도 자신을 이해받을 수 있는 세대가 되기를 기대한다.

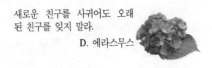

새로운 친구를 사귀어도 오래
된 친구를 잊지 말라.
　　　　　　D. 에라스무스

딸들의 생각

　누구에게나 친구가 있으며, 또 서로 진정한 친구가 되려고 하지
만, 그건 결코 쉬운 일이 아닌 것 같아요. 상대의 기분을 이해하
고, 결점을 용서해야 하고, 희망을 들어주어야 하니까요. 그리고
상대의 사고 방식을 이해해 주지 않으면 안 되잖아요. 가장 중요
한 것은, 상대에 대해 친절한 마음을 가지고 상대가 좋아하는 일
을 생각해야 한다는 생각이 들어요.

— 로라

　친구라면 상대가 곤경에 처해 있을 때 도와주어야 한다고 생각
해요. 힘들어할 때 위로해 주고, 곁에 있어 달라고 할 때 함께 있
어 주어야 하죠. 화가 났을 때도, 울 때도, 수다를 떨 때도, 배꼽
을 잡고 웃을 때도 함께 하여야 하죠. 저는 웃음이 멈추지 않아
친구들과 함께 배꼽이 빠져라 웃을 때가 제일 행복해요.

— 브론빈

　친구라면, 상대방을 신용하고 좋아하며, 아무리 작은 일이라 할
지라도 느끼고 생각하는 바를 서로 이야기해야 한다고 생각해요.

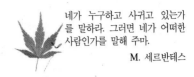

네가 누구하고 사귀고 있는가
를 말하라. 그러면 네가 어떠한
사람인가를 말해 주마.

M. 세르반테스

우정이란, 신뢰할 수 있는 사람에게서 사랑받고·있다는 감정이라
고 생각해요.

— 시시

뜻하지 않은 사건

마음을 열고 변화와 놀라움과 진보를 받아들이자

　지금까지의 엄마의 인생은 생각지도 못한 사건들의 연속이
었다. 그런 엄마를 가리켜 '파란만장형'이라고 말한 사람도 있
었는데, 참으로 그 말 그대로였다.

　인간이 가진 최고의 능력 가운데 '유연성'이라는 것이 있는
데, 그것은 때에 따라 변화하고 성장할 수 있는 능력이지. 자
신의 인생 행로를 마치 콘크리트로 다져 놓은 것처럼 그렇게
완전하게 계획을 세우고 있는 사람도 있을지 모르겠으나 그
러한 사람에게 즐거운 놀라움이라는 것이 있을까?

　지구의 역사상, 너희 세대만큼 성장과 진화의 능력이 요구
되는 세대는 아마 없을 것이다.

　20세기 동안에 일어난 공업 기술·의학·과학·심리학상의
눈부신 발전을 생각해 보렴. 엄마의 부모님이 태어나던 무렵
에는 라디오도 없었고 비행기도 없었으며, 자동차도 아주 드
물었다. 우주 여행·텔레비전·레이저 광선과 같은 것들은 모
두 엄마의 시대에 들어와서 나타난 것들이지. 너희 시대에는
또 그 무엇이 나오게 될지, 그것은 하나님만이 아실 것이다.

　분명한 것은 과학 문명의 발전에는 가속도가 따르고 있다는
사실이다. 그것도 금세기에 집중되어 있지. 이런 상태로 계속
발전해 나간다면, 이젠 더 이상 기적도 기적이 아니게 될 거

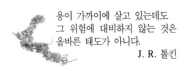

용이 가까이에 살고 있는데도
그 위험에 대비하지 않는 것은
올바른 태도가 아니다.

J. R. 톨킨

야. 그래서 '생각지도 못한 사건'에 관하여 생각해 보고 싶은 거란다.

새로운 사고에 눈을 돌리는 유연성

엄마는 늘 이 '생각지도 못한 사건'을 기대하고 있다. 지적인 것이건, 정신적인 것이건, 그 '놀라움'에 대해 환영할 준비가 되어 있다는 말이다.

너희는 옛것에 생각이 머물러 있는 낡은 사고 방식의 소유자들은 아닌 것 같더구나. 부탁하건대 자신의 인생이 아무리 순조로울지라도 보수적이 아닌 새로운 생각이나 비약에 눈을 돌리는 유연성을 가져 주었으면 한다.

마음을 열고 인생의 지혜의 샘물을 충분히 맛보자꾸나. 그리고 너희 자신도 용기를 가지고 불가능에 도전하여 정신적인 영역을 더욱 넓혀 가기 바란다. 마음을 꼭 닫고 있는 사람들은 그저 평범한 인생밖에는 살지 못한다. 그것은 확실히 안전한 길이기는 하겠지. 하지만 끝없는 탐구심이야말로 미지의 세계로 들어가는 패스포트이다.

마음의 문을 활짝 열어 보렴. 많이 열어 놓으면 놓을수록 예기치 않은 일이 발생할 가능성은 더욱 커질 테니까 말이야.

미래의 일에 관해서 잠시 생각해 보자.

점점 길어지는 평균 수명, 우주 여행, 말동무가 되어 주는
텔레비전, 텔레파시……, 그리고 어두운 면에서 보면 인구 과
잉, 환경 오염, 핵의 위협 등등, 그야말로 앞으로 20년 후에
지구의 앞날이 어떻게 될는지 아무도 예측할 수가 없지.

앞으로 무슨 일이 일어나든 거기에 잘 적응하기 위해서는
확고한 자신을 가지고 변화에 맞춰 성장하고 거기에 적응하
는 능력을 길러야 한다. 자신감이 있으면, 자기를 보호해 줄
커다란 나무 그늘을 찾을 필요도 없고, 부적 같은 것을 꼭 움
켜쥐고 있을 필요도 없을 거야.

자신이 있는 사람은 자유롭게 높이 날 수 있지. 뜻하지 않
은 사건에 대한 최상의 마음가짐은 모험심을 잃지 말고, 유머
감각을 가지고, 기회에 대한 직감력을 닦아 두는 것이다.

딸들의 생각

저는 미래에 대해서는 별로 생각해 보지 않았어요. 일주일 동안
의 계획을 미리 세워 두는 것도 제 성미에 맞지 않거든요. 내일

실패는 유한(有限)이지만 모험
은 무한(無限)이다.

E. E. 디킨슨

당장 어떤 일이 일어날지도 모르는 판에 어떻게 몇 년 후에 일어
날 일을 계획할 수 있겠어요? 제가 학교를 졸업하고 어른이 되어
서 어떤 사람이 될지 지금으로선 도저히 예측하지 못하겠어요. 어
떤 직업을 갖게 될지도 전혀 모르겠어요. 알고 있는 것이라곤, 어
쨌든 저는 즐겁게 살아가겠다는 거예요. 저는 무슨 일이든 모두
즐거운 것으로 바꿀 수가 있거든요.

— 로라

엄마! 지금은 옛날에 엄마가 생각했던 미래에 해당되잖아요. 그
런데 엄마가 예상했던 대로 되었나요? 어렸을 적에 엄마도 역시
자신의 미래는 어떻게 될지 모른다고 생각하셨나요? 아니면 결혼
해서 아이가 두셋쯤 생기고, 제법 틀이 갖춰진 주부가 될 것이라
고 예상하셨는지요?

저는 미래를 서두르고 싶지는 않아요. 현재를 즐기며 살아가거
든요. 하지만 저는 미래에 어떤 일이 있더라도 반드시 헤쳐 나갈
길을 찾아서 지금처럼 즐겁게 살아갈 거예요.

— 브론빈

저는 즐거운 마음으로 미래를 기대하고 있어요. 제가 어른이 되

한 온스의 모험심은 한 파운드
의 특권보다 낫다.

P. R. 마빈

어 있을 때에는 우리 인간 생활이 모두 컴퓨터화되어 있을 테죠?
아마 버튼을 누르기만 하면 로봇 가정부가 나타나 깨끗이 청소해
줄 거예요. 하루빨리 그날이 왔으면 좋겠어요.

— 시시

곤란한 일에 부닥치면

이까짓 고개쯤은 문제 없다는 기관차 정신으로 타개해 나가자

브론빈, 며칠 전의 일 생각나니? 그 날 저녁때 엄마가 집에 돌아와 보니 너는 팔다리를 웅크리고 소파에 누워 있었지. 무슨 일이 있었는지 너는 몹시 기운이 빠져 있었어. 다음 날의 시험 범위가 너무나 광범위하여 심리적으로 미리 지쳐 있었던 거지.

그 때 엄마는 한두 시간 너의 공부를 도와주면서 다음의 두 가지 사실을 알아냈다. 그 중 하나는, 그 시험 범위 안에는 눈 감고 줄줄 욀 수는 없더라도, 네가 이미 알고 있는 것이 많이 있다는 것, 그리고 나머지 하나는 그것을 빼고 나면 나머지는 대단한 분량이 아니라는 것이었지. 그것은 '생각보다 애 낳기가 쉽다'라는 말이 그대로 들어맞는 경우였다.

'도저히 불가능해 보이는' 일도 일단 행동으로 옮기면 적어도 얼마쯤은 잘 진척되게 마련이다. '시작이 반'이라는 말도 있듯이, 무슨 일이 되었든 일단 시작하게 되면 자신감이 생기고, 해내고야 말겠다는 의지도 강해지지. 행동은 뒷걸음치고 싶은 비겁함을 몰아내 주고, 목표하는 방향으로 사람을 밀고 나가는 추진 프러펠러가 되어 준다.

일을 시작하기 전부터 지레 겁을 먹고 무력감을 품게 되면, 일은 더욱더 대단한 것으로 보여서, 곤란을 극복하고자 하는

너의 의지까지 꺾이게 된다. 시험도 보기 전에 무력감이 엄습
해 오면, 학교를 그만두고 싶다는 생각이 들게 된다거나, 틀
림없이 성적이 뚝 떨어지게 될 거라고 자기 비하로 이어질
수 있단다.

곤란에는 과감히 맞서라

엄마가 어렸을 때에 너희 외할아버지께서 취했던 방법이 아
주 좋았다는 생각이 드는구나. 도무지 자신이 없는 일을 끌어
안고 엄마가 쩔쩔매고 있으면, 외할아버지께서는 엄마에게 다
가오셔서 이렇게 말씀하셨단다.

"이건 꽤 어려운 일이구나. 자, 아버지가 좀 도와주지. 그러
면 별로 어려울 것도 없을 거다."

외할아버지께서는 이렇게 엄마의 마음을 교묘하게 적극적인
방향으로 이끌어 주셨단다. 우선 일이 매우 어렵다는 것을 인
정하시고 나서 도와주시겠다고 하시니 엄마는 신이 났지. 일
단 안심이 되자, 그 전에는 도저히 해낼 수 없을 것 같던 일
이 이젠 할 수 있을 것같이 생각되더구나. 참으로 이상한 일
이지? 한참 후에야 알게 된 일이지만, 이 평범한 말 속에는
상당한 지혜가 숨겨져 있었던 거야.

인생의 시초는 곤란이다. 그러
나 성실한 마음으로 물리칠 수
없는 곤란이란 거의 없다.

소크라테스

또한 너희 외할머니는 정말 놀라운 분이셨다. 아무리 큰 일
이라 할지라도 일단 그분의 손에만 들어가면 아주 순식간에
즐거운 일로 바뀌어 버리곤 했지. 게다가 할머니께서는 그 일
을 아주 빠른 속도로 해치워 버리시는 거야. 초인적인 에너지
원을 가지고 계셨었는지, 제아무리 큰 계획이라도 그분의 활
력으로 정복하지 못하는 일이 없었단다.

어느 사이엔가 엄마도 거기에 감염되어, 엄마 자신의 능력
에 자신감을 갖게 되었단다. 모두 외할머니의 덕택이었지.

너희도 앞으로, 생각만 해도 정신이 아찔해지는 커다란 곤
란에 부닥칠는지 모른다. 일, 자녀 양육 문제, 혹은 애정 문제
등에서 말이야. 그러나 그럴 때마다, 곤란해지지 않겠다는 강
한 정신력만 지니고 있다면 하나도 두려울 것이 없다.

반대로 곤란한 문제를 회피하려고만 하면, 무슨 일이든지
'나는 할 수 없다'라는 약한 소리를 하게 되고, 사소한 문제
앞에서도 갈팡질팡하게 될 것이다.

엄마는 부모님의 사고 방식에서 많은 것을 배웠단다. 부모
님과 함께 곤란을 극복해 나갈 때마다, 엄마는 어느 사이엔가
스스로의 힘으로 할 수 있다는 자신이 생긴 거야. 그리고 불
가능에 도전하고 있는 사람을 보면, 이제는 그를 도와주고 싶

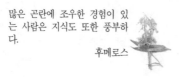

은 생각이 들게 되었단다.

상식도 신중함도 모두 내팽개치라는 말은 아니다. 인생의
고난을 분석할 때에는 상식과 신중함이 없어서는 안 되지.
'용기'의 좋은 반려자는 '신중함'이라는 사실을 잊지 말기 바
란다.

마천루(摩天樓)를 조금만 왼쪽으로 옮겨 달라고 하는 말에
고분고분 응할 사람은 아마 없을 거야. 곤란에 부닥쳤을 때는
우선 상황을 잘 관찰하여 판단해야 한다. 그리하여 할 수 있
고 할 만한 가치가 있는 일인가를 잘 분별하여 결론을 내려
야 한다. 그런 다음에 자신의 두뇌와 체력을 신뢰하는 거야.

언젠가는 고난도 사라진다

여기에서 너희가 꼭 알아주었으면 하는 것은, 세계의 발전
은 불가능에 도전한 사람들의 덕택이라는 사실이다. 상상만으
로 끝났을지도 모르는 신세계를 향해 항해했던 콜럼버스, 흔
들리는 마차에 몸을 싣고 서부로 떠났던 개척자들, 불치의 병
을 연구하여 그 치료법을 발견한 사람들, 보다 효과적으로 쥐
를 잡을 수 있는 도구를 고안해 낸 사람, 높은 산을 처음으로
정복한 사람, 맹인들에게 점자 읽는 방법을 가르쳐 준 사람

곤란이 크면 클수록 그 곤란을
이겨내는 명예는 더욱 크다.
J. B. J. 몰리에르

등등, 이러한 사람들은 모두가 도전자인 것이다. 우리의 주위에는 이러한 사람들 때문에 작은 기적으로 가득 차 있는 셈이지.

기억할지 모르겠지만, 너희가 어렸을 때 무척이나 좋아하던 그림책에 '작은 기관차'의 이야기는 인생에 대한 훌륭한 비유였지. 언덕을 올라갈 때 기관차는, '이까짓 언덕쯤이야' 하고 자기 자신에게 타일렀다. 그리하여 마침내 그 기관차는 언덕을 넘고 말이야.

도저히 불가능해 보이는 일이 눈앞에 닥쳤을 때는 이렇게 생각하자.

'이 일도 언젠가는 끝나게 되어 있어.'

세상 사람은 누구나, 감당하기 어려운 커다란 문제가 다음 날에 있게 되면, 그 전날 밤에 이런저런 생각으로 잠을 설치게 되어 있지. 밤이 깊어 감에 따라 불안은 점점 커져 가기만 하고 말이야. 하지만 막상 그 날을 넘기고 이튿날 밤이 되면, '무사히 끝났다'는 안도감이 생기게 되고, 다시 어제와 똑같은 일상이 펼쳐지곤 하지.

우리가 인생을 살다 보면 큰 사건이나 위기는 으레 따라다니게 마련이다. 하지만 찾아왔는가 하면, 어느 샌가 다행히도 사라져 버리게 되지.

엄마가 경험한 고난 가운데에는 인생의 결실이 된 것도 있고, 고통스럽기만 했을 뿐 아무런 결실도 거둘 수 없었던 것도 있다. 또 그러한 고난을 극복해 낸 때도 있고, 그 고통에 크게 짓눌려 버린 때도 있다.

그러나 그 결과는 별로 중요하지 않다. 사람은 그와 같은 고난을 통해 성장하고 배워 가는 것이니까 말이야. 그것을 뚫고 나가면서 자신이 생기게 되고, 성숙하게 되며, 정확하게 예측할 수 있는 힘도 자라나게 되는 거야.

나의 소중한 딸들아, 너희가 곤란한 일에 부닥치게 되면 언제든지 이 엄마에게 도움을 요청해 주렴. 그러면 엄마가 기꺼이 너희를 도와줄 테니 말이야. 어떤 일이든 서로 힘을 합하게 되면 그리 대단한 일은 아니거든.

솔직하게 행동하자

애매함이 없어지면 에너지는 완전 연소된다

우리는 지금 솔직해야 한다는 것이 그다지 장려되지 않는 세상에서 살고 있다. 아장아장 걸음마를 배울 무렵부터 진실된 말은 하지 못하도록 강요당하고 있는 거야.

"그 부인의 모자를 형편 없는 것이라고 하면 못써."

"선생님이 맘에 좀 안 들더라도, '선생님의 반이 되어서 아주 기뻐요'라고 말해야 하는 거야."

이렇듯 너희가 알고 있는 바 그대로야. 교묘하게 잘 속여넘기는 기술을 몸에 지니는 편이 살아가기에 좋고, 일이 잘 되어 나가기 때문이겠지.

이와 반대되는 이야기를 조금만 해 보겠다. 그렇다고 해서 상대에게 '형편 없는 모자'라고 곧이곧대로 하는 것이 좋다는 말은 아니다. 그러나 우리가 항상 거짓말만을 하게 되면 현실 감각까지도 잃게 될 우려가 있다. 그렇게 되면 결국 우리는 거짓말이라는 그물에 친친 얽히는 꼴이 되어 버려, 어디에서 어디까지가 진실이고, 어디에서 어디까지가 거짓인지를 분별할 수 없게 되는 거야.

예를 들어 주말에 너희가 친구의 집에 초대를 받았다고 하자. 그런데 너희는 그의 집에 갈 마음이 없는 거야. 사실대로

두 점 사이의 가장 짧은 거리
는 직선이다.
　　　　수학 공식

말하자니 실례될 게 뻔하고, 그래서 너희는 대답을 미루다가,
막판에 가서 이러저러한 시시한 변명을 하게 되면 어떻게 될
까?

상대는 너의 본심을 눈치채고 더욱 언짢게 될 거야. 이제
와서 다른 사람을 초대할 수도 없는 일이니 상대는 당연히
화가 나겠지. 너는 너대로 애를 태우고, 상대방은 상대방대로
화가 나는 거야.

"정말 고맙다. 하지만 못 가겠구나. 초대해 주어서 매우 기
쁘지만, 이번 주말엔 시내에 나가고 싶어."

처음부터 이렇게 거절하면 나중에 서로 언짢을 일이 없지
않겠니?

'애매함'은 일을 악화시킨다

솔직하게 행동하는 것은 그다지 어려운 일이 아닌데도 왜
사람들은 그렇게 하지 못하는 것일까? 두 점 사이의 가장 짧
은 거리가 직선이라는 것은 지금도 변함이 없는데, 잔꾀를 부
리는 사람들은 먼 길로 돌아가거나 공연히 주위를 배회하며
엉뚱한 짓을 하기도 한다.

"'예스'일 수도 있고, '노우'일 수도 있다. 아니, 그 어느 쪽

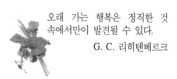

오래 가는 행복은 정직한 것
속에서만이 발견될 수 있다.
G. C. 리히텐베르크

도 아닐 수도 있다"는 따위의 연막 전술을 써서 자신이 손해 보지 않으려고 하는 거야.

이것은 굉장히 영리한 수법같이 보이지만, 과연 그것이 지혜로운 방법일까? 절대로 그렇지 않다.

빈틈이 없는 모사꾼은 '믿을 수 없는 인간'이라는 꼬리표를 자기 자신에게 붙이는 결과가 되기 일쑤이다.

이처럼 어떠한 일을 모호하게 처리하는 사람은 자신의 시간을 헛되이 낭비하고 있을 뿐만 아니라, 다른 사람의 귀중한 시간까지 빼앗는 결과를 초래한다. 복잡하게 얽어 놓은 것을 풀기 위해 둘 중 누군가가 쓸데없는 시간과 정력을 허비하지 않으면 안 되는 거지.

예를 들어 이번 토요일에 데이트와 산더미처럼 쌓인 숙제가 겹쳤다고 하자. 엄마에게 리포트 자료조사를 도와달라고 하고 싶은데 너희가 그 말을 분명하게 하지 못했다면, 침울해진 얼굴로 괜히 집 주위를 서성거린다거나 다른 일에 트집을 잡아 불평을 하고, 엉뚱한 사람에게 시비를 걸기도 하겠지.

드디어 토요일 저녁이 되면, 너희의 가슴은 폭발 직전이 될 것이고, 그런 너희가 곁으로 다가오게 되면 엄마는 얼른 피난을 가야만 되지. 너희가 짜증부리는 원인을 알게 되기까지,

엄마는 귀중한 하루를 몽땅 소비하고 말게 되는 거야. 유효하게 쓸 수도 있었던 하루를 말이다. 엄마에게 솔직하게 어려움을 털어놓고 부탁하면 시간도 절약되고, 그렇게 사태가 악화되지도 않을 텐데 말이야.

문제의 핵심에 부딪쳐라

그럼 이제 '단순 명쾌'에 대해 말하고자 한다. 사람의 생각이나 이야기나 예상은 명쾌해야만 한다. 문제의 핵심에 예리하게 파고들지 않고 주위만 맴돌면 사물의 본질을 놓치고 말게 되거든.

술책만 부리고 있으면, 결국 자신이 혼란해져서, 진실과 허구를 분별할 수 없게 될 수도·있단다. 솔직하고 명쾌하게 생각하면 이에 따라서 명쾌한 결론에 도달한다. 너희의 의견이나 평가 방법이 정직하면 사람들은 너희를 신용하게 되지. 반드시 너희를 좋아하게 되지는 않는다 하더라도, 최소한 남들로부터 신용을 받게 될 것은 틀림이 없지.

물론 솔직함으로 인해 상처를 받게 된다든지 손해를 보게 되는 일도 있을 것이다. 모든 것이 이치대로만 되는 건 아니니까. '이상한 모자'를 쓰고 있는 사람에게 솔직하게 '이상한 모자'라고 하지 않는 것이 현명할 때도 있지. 너희는 남에게 손해를 끼치지 않는 선의의 거짓말을 어느 때에 해야 하는지 충분히 판단할 수 있으리라 생각한다.

인생에는 스스로 결정하거나 선택하지 않으면 안 되는 일이 정말 많단다. 엄마는 너희가 각각의 인품과 개성을 살리면서 되도록 솔직하게 행동하기를 바란다.

딸들의 생각

솔직하라고 말씀하시지만, 언제나 솔직하기란 쉬운 일이 아니에요. 마음먹은 바를 그대로 거침없이 말한다는 것은 어려운 일이지요. 때로는 말을 우회적으로 돌려서 하는 것도 좋지 않을까요?

그렇지만 말하기 곤란한 일을 시원스럽게 해결하려면 역시 솔직하게 말하는 것이 최고예요. 그러면 상대의 감정이 상할지도 모르지만, 요령 있게 말한다면 별로 문제될 건 없다고 생각해요. 메리 포핀스의 말처럼, '한 스푼의 설탕만 있으면' 약이 잘 넘어가지 않겠어요?

내성적인 성격이어서 자기가 생각하고 있는 것을 척척 말하지

인간을 불안하게 만드는 것은
사물이 아니고, 사물에 대한 의
견이다.
　　　에픽테토스

못하는 사람은, 우선 솔직하게 말하는 습관을 들일 필요가 있다고
생각해요. 자기의 의사를 분명하게 표시할 수 있게 되면, 시무룩
해 있거나 친구들로부터 따돌림을 당하는 일은 없어지겠지요.

　　　　　　　　　　　　　　　　　　　　　　　—브론빈

　사람은 자신이 하는 말과 행동에 있어 솔직해야 한다고 생각해
요. 말을 빙글빙글 돌려서 하지 않고 분명한 의사 표시를 했다면,
상대방이 어떻게 생각할까 따위엔 신경 쓸 필요가 없다고 생각해
요.

　　　　　　　　　　　　　　　　　　　　　　　—시시

제5부 지식에 관한 이야기

지적으로 빛나는 여성이 되기 위하여

배우는 즐거움

호기심어린 눈으로 보면, 주위에 배울 것이 가득하다

너희 외할머니의 교육 방법은 특허를 내도 좋을 만큼 아주 독특한 것이었단다. 외할머니에게는 어떤 사람이든 스스로 배우고 싶은 마음을 일으키게 하는 독특한 재능이 있었지. 외할머니께서는 역사 공부는 모험담으로, 지리 공부는 미지의 여러 나라를 상상 속에서 여행하는 것으로, 시(詩)는 마음 속에 내재되어 있는 정서를 되살리는 것으로 변화시키곤 하셨거든.

외할머니께서는 동화 대신에 신화를 자주 읽어 주곤 하셨지. 어린 자녀들에게 있어 이것보다 더 신기하고 외경스런 이야기가 어디 있을까? 로버트 루이스 스티븐슨을 읽은 엄마에게 있어 아서 왕은 동경의 대상이 되었지. 엄마는 프랑스 국왕의 계승 순위를 왕의 애첩들에 대한 이야기를 들으면서 배웠지. 가십 비슷한 역사 이야기가, 무미건조한 주입식 역사 공부보다는 아이들의 기억에 오래 남는 법이야.

외할머니에게서 엄마가 받은 교육은 완전히 게임과도 같은 재미있는 것이었지. 엄마가 얻은 지식은 그 게임에서 얻어낸 상품이고 말이야. 그러니 엄마에게 있어서 공부는 아주 즐거운 것이었지. 누구나 공부는 즐거워야 하지 않겠니?

오늘날의 어린이들은 고지식하고 획일적인 학교 교육 때문에 배우는 데 대한 흥미를 완전히 잃어 가고 있다. 드라마나

교육의 목적은 일생을 통해서
공부하는 자세를 만들어 주는
것이다.
R. M. 해틴스

스릴 넘치는 이야기는 그림자를 감추고, 따분하고 재미없는 역사적 사실만을 향해 억지로 발걸음을 내딛고 있는 거야.

어째서 이렇게 되었을까? 외할머니가 교육자들보다 훨씬 더 재미있는 공부 방법을 알고 계셨다는 사실이 놀랍지 않니? 만일 오늘날의 아이들이 지금까지의 획일적인 학습 방법을 완전히 머릿속에서 추방해 버리고, 그 대신 모험과 지식에 대한 강한 탐구욕을 가질 수만 있다면, 인류의 미래는 결정적으로 달라질 거야.

몇 년 전이다. 너희는 가게놀이를 하며 놀고 있었지. 시시, 너는 청구서에 첨부된 8퍼센트의 세금을 아주 빨리 계산하더구나. 그런데 그 무렵에 너는 학교에서 배우는 백분율이나 분수에 대해 애를 먹고 있었단 말이야. 엄마가 지금 무슨 말을 하려고 하는지 알겠지? 그래, 가게놀이의 계산은 재미있기 때문에 빨리 계산할 수 있었지만, 학교에서 하는 산수 공부는 재미가 없기 때문에 발전이 없고 어렵게만 느껴졌던 거야.

학교에서만 공부하는 것이 아니다

헌신적이고 혁신적인 교육학자 존 홀트는 미국의 교육 제도 개선을 위해 대단한 공을 세운 인물인데, 그는 그의 저서《교

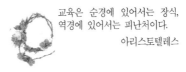
교육은 순경에 있어서는 장식,
역경에 있어서는 피난처이다.
아리스토텔레스

육 대신에》라는 책에서 미국의 현대 교육 제도를 신랄하게
비판했지. 그는, 학교 교육을 받은 사람들은 예외없이 다음과
같은 생각에 빠진다고 말했어.

첫째, 무언가 중요한 것을 배우려면 일단 학교에 들어가서
선생님이라는 사람한테 배우지 않으면 안 된다.
둘째, 배운다는 건 몹시 따분하고 고통스러운 일이다.
셋째, 게다가 별로 공부도 안 된다.

물론 학교에서도 많은 것을 배우기는 한다. 그러나 한번 생
각해 봐라. 공부는 학교에서만 하는 게 아니다. 인생의 순간
순간이 공부인 거야. 지금의 사회에서는 '배운다는 것'과 '학
교에서 배우는 것'이 지나치게 동일시되고 있어. 이 두 가지
는 엄연히 다른데도 말이야.
마크 트웨인이란 사람은 일찍이 이런 말을 했지.
'당신의 참된 교육을 학교 교육으로 인해 방해가 되어서는
안 된다.'
그리고 역사가인 헨리 아담스도 이렇게 말했어.
'가정에서 교육을 받으면서 나는 틈틈이 학교에도 다녔다.'

만약 학교가 자신의 인생을 걸 수 있을 만큼 매력 있는 곳
이라고 한다면, 아이들은 즐거운 마음으로 학교에 갈 수 있을
것이다. 브론빈은 연극을 좋아하기 때문에, 어렵고 긴 대사라
도 금방 외어 버리지. 그리고 시시에게 있어서 부기 공부는
공부라고 하기보다는 즐거운 게임에 속하고 말이야.

　그렇다고 해서 자기가 좋아하는 과목만을 공부하라는 이야
기는 아니야. 예술·어학·과학·수학·역사 등과 가까워지는
것은, 인간으로서 폭넓게 성장하기 위해 매우 중요한 일이거
든. 지식의 나무에 있는 모든 열매를 조금씩 다 맛보지 않고
서는 자신이 좋아하는 '지식의 과일 샐러드'를 만들 수 없으
니까 말이야.

　여러 가지를 공부하면서 특히 자신의 흥미를 강하게 끌어당
기는 것이 있다면, 거기에 몰두하여 깊이 파고들어가도 좋겠
지. 거기에 대해 깊이 생각하고, 쓰고, 이야기하고, 혹은 책을
읽으며 연구해 보려무나.

　이 세상에는 너희로 하여금 열중하게 하고, 흥분하게 하고,
상상력을 기르게 하는 것이 참으로 많단다. 열심히 배움으로
써 남의 흉내나 내는 인생이 아닌, 참으로 자기의 인생을 만
들 수 있는 거란다. 자기가 좋아하는 것 한 가지를 추구하는

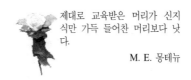

편이 싫어하는 것을 마지못해 이것저것 여러 가지를 공부하
는 것보다 훨씬 더 큰 수확을 얻을 수 있는 거란다.

자기 자신을 교육해라

배움에 있어서 꼭 알아두어야 할 것은, 자신이 소중하게 생
각되면, 반드시 자기 자신을 교육하라는 것이다. 자신의 힘으
로 흥미 있는 분야를 찾아내어, 그 지식을 한껏 흡수하는 거
야. 그러기 위해 주위의 모든 것에 눈을 크게 뜨고 귀를 기울
여 집중해 보도록 하렴.

버스나 전차에서 마주앉아 있는 여성의 행동을 유심히 관찰
하는 것만으로도 심리학 공부가 된다. 그녀의 보디 랭귀지가
무엇을 표현하고 있는지를 살펴보렴.

텔레비전이나 영화를 보면서도 배울 수 있다. 이런 것들은
즐기면서 배울 수 있는 장점이 있지.

그리고 이웃에 사는 노인들에게서도 배울 수 있다. 어떤 사
람이든 적어도 한 가지는 너희의 관심을 끌 만한 지식을 가
지고 있단다.

책을 통해 배우는 것은 말할 나위도 없지만, 공원을 산책하
면서 친구들에게서도 배울 수 있고, 지하철에 붙어 있는 포스

배운 학과목이 이 세상에서 없어진다면, 교육받은 사람만큼 어리석게 보이는 사람도 없을 것이다.

W. 로저스

터를 읽음으로써 배울 수도 있다. 그리고 또, 자신의 타고난 재능과 가능성에 주의를 기울이면, 자기 자신에게서도 무언가를 배울 수 있지.

인간의 지식의 양은 그 사람의 호기심과 정력에 비례하는 법이야. 언제까지나 '배운다'는 자세를 가지는 것이야말로 창조적인 인생을 보내는 방법이란다.

딸들의 생각

학교에서 마음에 들지 않는 선생님을 만나게 되면, 학생은 선생님이 완전히 싫어져 버리죠. 그렇게 되면, 장래의 자기 인생에 도움이 되는 것들을 학교에서 많이 배운다는 사실을 깨닫지 못한 채 학교 전체가 싫어져 버리는 거죠.

— 로라

저에게 만일 학교 교육 제도를 바꾸라고 한다면, 바꾸고 싶은 것이 한두 가지가 아니에요. 우선 복장부터 자유롭게 하겠어요. 그리고 선생님들이 수업을 지루하고 따분하게 하지 않도록 하여,

공부가 즐거워지도록 하겠어요. 텔레비전이나 영화도 학교 공부에
많이 이용할 거예요.

— 시시

학생들에게 있어서 훌륭한 선생님이란 과연 어떤 분일까요? 우
선, 학생에게 말을 걸어 주는 선생님이 아닐까요? 그리고 학생의
말을 잘 들어 주는 선생님이고요. 학교는 같은 것을 반복하는 곳
이라고 생각하는 선생님은 아주 질색예요.

저는 교실에서 자유롭게 토론하는 것이 좋아요. 가만히 앉아서
선생님의 수업을 받기만 하는 것보다 훨씬 즐거우니까요. 선생님
이 학생의 의견을 잘 듣고 거기에 응해 주면, 정말로 우리가 수업
에 참가하고 있구나 하는 기분이 들어요. 그러나 그렇지 않으면,
선생님과 학생은 따로따로 놀게 되고 말지요.

— 로라

교장 선생님이든 다른 선생님이든, 학교에 문제아가 있으면 그
와 차분한 대화를 가져서, 그 학생이 그렇게 된 원인을 찾아 주었
으면 좋겠어요. 원인을 알면 그 학생을 구조할 수 있지 않겠어요?
그저 벌만 주게 되면, 그가 좋아지기는커녕 오히려 나쁜 길로 빠

교육이 하는 일은, 제멋대로 굽
어 흐르는 개울을 반듯한 수로
로 변하게 하는 것이다.

H. D. 소로

져들 뿐이지요. 누구든 벌을 받게 되면 화가 나게 되니까요.

문제 해결의 열쇠는 대화에 있다고 생각해요. 사람들이 서로를 좀더 이해하고, 왜 그 문제가 발생하게 되었는지를 파악하게 되면 문제를 훨씬 줄일 수 있을 것 같아요.

그런데 선생님은 대화를 갖는 데에 그다지 열성을 보이지 않는 것 같아요. 선생님들의 말은 일방 통행인 경우가 많거든요.

— 브론빈

라이프 워크를 선택하라

스스로 석택한 직업이므로 '행복감'을 첫째로

엄마가 직업을 갖게 된 것은 그럴 만한 사정이 있었기 때문이었단다. 어느 정도 글도 쓰고 그림도 그릴 수 있었던 엄마는 학교를 졸업하자마자 광고 회사에 들어갔지. 그 후 엄마에게는 차례차례로 기회가 주어졌어.

너희는 아직 어리고 생활이 어려웠기 때문에 어려움이 많았지. 그러다 보니 살아가기 위해서는 무슨 일이나 닥치는 대로 해야 했어. 글을 쓰고, 그림을 그리고, 초상화까지 그렸단다. 선전·광고·판매 촉진에 관한 공부도 했지. 노력하면 할수록 수입이 점점 늘어나면서 형편이 조금씩 나아지기 시작했지.

솔직히 말해 엄마에게는 선천적인 재능도 있었던 것 같다. 엄마가 이 방면에 재능이 있다는 사실을 알고 열심히 배우고 일한 결과 성공을 거두게 되었지. 엄마의 경우, 스스로 직업을 선택했다기보다는 직업이 엄마를 선택했다고 해야 옳을 것 같구나.

자신이 진정으로 하고 싶은 일이 무엇인지를 알고 있는 사람은 아주 적다. 많은 사람이 우선 자신의 생활을 위해 일하고 있지. 그 직업은 다소의 기호나 재능에 좌우되기도 하지만, 대개는 그때그때 맞닥뜨린 직업을 생활의 수단으로 삼게 되거든. 그것은 어쩔 수 없는 일이지.

이렇게 하여 너무 많은 사람이 돈을 위해, 또는 무기력이나 미지에 대한 불안 때문에 자신에게 맞지 않은 직업에 얽매여 있게 되지. 이 점에 대해 너희에게 생각나는 대로 몇 마디 전해 주려고 한다.

나에게 알맞은 직업은 무엇일까?

학교에 다니는 동안 너희의 상상력을 최대한으로 활용해 보도록 해라. 평생 직업이 될 만한 분야를 조사해 보는 거야. 자유로운 사고 방식을 가지고 있는 사람, 너희가 보아서 흥미 있는 생활을 하고 있는 사람들을 많이 만나서 이야기도 나누고 경험의 폭도 넓혀 가도록 하자. 그리고 너희의 관심을 끄는 직업을 찾는 거야. 여배우·모델·수의사·디자이너·음악가·핵물리학자 등등 얼마든지 있을 것이다.

조금이라도 직접 경험해 보지 않으면, 그 일이 자기의 적성에 맞는지 안 맞는지 모를 거야. 그러므로 그 방면에 일가견이 있는 사람에게 여러 가지 질문을 해 보자. 그러면 많은 참고가 될 거야.

너희 두 사람 모두, 아직은 너희가 어떤 직업을 선택해야 좋을지 모를 거야. 자신에 관하여 잘 관찰해 보렴. 자기의 장

점과 단점, 그리고 자기의 재능에 관해서는 어느 정도 알고
있겠지? 주위의 이목에 구애받지 말고 자신의 직관력을 믿으
면, 자신이 어떤 일을 할 것인지에 대해 결정하기란 그리 어
렵지 않을 거야.

일생 동안 일하며 살아가는 것이 우리의 인생이니까, 경제
적으로도 안정되고 기쁨도 발견할 수 있는 직업을 가질 수만
있다면, 그것보다 더 큰 행복은 없지.

여름 방학 때, 아르바이트를 통해 직업의 세계를 들여다보
는 것도 좋을 거야. 운이 좋으면 장래에 자기가 가지고 싶은
직업을 찾을 수도 있을 테고 말이야.

브론빈, 네가 처음으로 사무실에서 근무하던 날의 일을 기
억할지 모르겠구나. 너는 그 때 접수를 맡아 열심히 일했었지.
그리고 저녁 8시쯤 되면 완전히 지쳐서 꾸벅꾸벅 졸곤 했었
지. 그 때 너는 일을 한다는 것이 어떤 것인지를 알았을 거야.

그 정도의 아르바이트만으로 장래의 일에 대해 완전히 알
수는 없겠지만, 그래도 많은 것을 얻었을 거야. 직업의 엄격
함도 알게 되었을 것이고, 스스로의 힘으로 돈을 번다는, 자
립의 멋진 감정도 조금은 맛볼 수 있었을 거야. 상업 세계의
내막도 조금은 터득했을 것이고, 여러 분야의 사람들을 만나

성공을 원하거든 자기 직업을
정확히 정하고 그것을 어디까
지나 추구해야 한다.
　　　　B. 프랭클린

다 보니 전보다 시야도 좀 넓어졌을 것이며, 어른들의 세계에
참가했다는 뿌듯한 느낌도 들었을 것이다. 엄마가 너희에게
들려 주고 싶은 말들은 참으로 많단다.

적성에 안 맞으면, 전직하는 용기가 필요하다

예를 들어 너희가 의사가 되어 몇 년간 종사했는데, 그 일
이 자신의 적성에 맞지 않는다는 사실을 깨달았다고 하자. 그
러니까 너희는 적성에 맞지 않는 일에 많은 시간과 정력을
낭비해 버리게 된 것이지.

그럼 어떻게 하면 좋을까? 이런 때는 무엇보다도 먼저 좌절
감에 빠지지 말고 자신을 잃지 말아야 한다. 그리고 자신에게
가장 어울리는 일이 무엇인지를 찾는 거야. 자신이 원하지 않
는 직업에 나머지 40여 년을 그대로 머물러 있을 수는 없지
않겠니?

새로운 직업을 선택하려면 적극적으로 행동할 필요가 있다.
그 일을 하려면 어느 정도의 훈련이 필요하며, 어떻게 훈련해
야 하는지 등을 알아보는 거야.

엄마가 만일 이러한 경우를 당했다면, 세상 사람들의 사고
방식이 어떠하든, 다소의 곤란이 있든, 또 시간과 돈이 부족

여러 기술을 평범하게 익히는
것보다 한 가지 기술에 뛰어나
는 편이 낫다.

小플리니우스

하든 개의치 않고 자신의 직관이 지시하는 방향으로 나아갈
거야.

　인류에 공헌한 사람들 가운데에도, 도중에 직업을 바꾸거나
인생의 고비를 여러 차례 넘긴 후에야 자신의 천직을 발견한
예가 많단다.

　자기의 힘으로는 도저히 바꿀 수 없는 경우, 그것을 받아들
이는 지혜가 필요하다. 바꿀 수 있는 용기와 받아들이는 지혜,
사실 이 두 가지를 구분하기란 그리 쉽지가 않다. 모쪼록 너
희는 이 두 가지를 분별할 수 있는 지혜를 가지고 인생의 모
든 경우에 임해 주었으면 한다. 무든 일에나 잘못을 바로잡는
데에는 용기가 필요하다.

좋아하는 일로 수입을 얻는 것이 가장 행복하다

　너희가 아직 어리고, 엄마가 혼자서 살림을 꾸려 가기 위해
여념이 없었을 무렵, 엄마에게는 꿈이 있었단다. 너희가 성인
이 되기까지, 생활 설계가 최우선이라는 현실적인 생각을 가
지고 있던 엄마는 노고를 아끼지 않았지.

　그러다 보니 고맙게도 한 집안을 이끌어 나갈 만큼의 수입
은 되더구나. 하지만 엄마는 마음 속으로 만족스럽지 않았지.

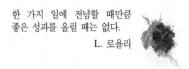

그 때 엄마의 일이란 게 생활 수단에 불과했고, 그 이상의 것은 아니었기 때문이야.

그래서 엄마는 꿈을 지니게 되었다. 엄마는 너희가 성장하여 사회에 나가게 되면 비즈니스를 떠나 보다 속박이 적은 창조하는 기쁨이 있는 일을 시작하고 싶었던 거야.

자기 속의 뮤즈(시·극·음악·미술을 지배하는 아홉 여신)가 완전히 꼬부랑 할머니가 되어 창조의 샘이 메말라 버리기 전에 자유로워지기를 열심히 원했단다.

여기에서 엄마가 이런 이야기를 하는 것은, 사람이 살다 보면 종종 원치 않는 상황에 처해질 수도 있다는 걸 말하기 위함이다.

이와 같은 괴로운 시기에는 꿈이 마음의 지주가 되는 거야. 엄마는 자신이 희생되고 있다든가 올가미에 걸렸다고 느껴질 때 마음 속으로 '이것은 실로 내 인생의 일부에 지나지 않는다'고 스스로를 타이르곤 했지.

가능한 한 처음부터 자신이 원하는 일을 하도록 해라. 좋아하는 일을 하면서 생활비를 얻는 사람은 정말 행복하단다. 그런 사람이야말로 아침에 눈을 뜨면, 그 날 하루의 일과를 즐겁고 보람있는 것이라고 생각할 수 있지.

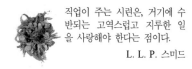
세상의 척도에 좌우되지 않는 자기 자신만의 목표를 갖는
것도 중요하다. 너희가 아직 어렸을 때, 엄마와 돈에 대한 이
야기를 한 적이 있는데 기억할지 모르겠구나. 그 때 시시는
적어도 호화 승용차인 리무진을 살 정도의 돈은 있어야 한다
고 말했고, 브론빈은 말에게 먹일 귀리를 살 만한 돈이 있으
면 충분하다고 말했지.

너희 두 사람의 말은 각자가 갖고 있는 성격을 훌륭하게 나
타냈어. 지금도 그러한 너희의 성격은 변함이 없는 것 같다.
사람은 제각기 자기가 가야 할 길이 따로 있지. 항상 자기 자
신의 희망을 잊지 말고 나름대로의 인생을 걸어가는 거야.

비즈니스와 여성의 행복을 함께 누리자

균형 잡힌 생활을 해 나가는 사람은 세상에 그리 많지 않
다. 비즈니스나 야심을 위해 사는 사람도, 사랑이나 결혼, 그
리고 개인적인 행복을 위해 어느 정도의 시간을 할애할 필요
가 있다고 생각한다.

우리 여성에게 있어서는 이 두 가지를 양립시켜 나가기란
굉장히 힘든 일이지. 그렇게 되려면 앞으로 몇 세대나 걸리게
될는지……

엄마는 너희가 사회적으로 해방된 처음 세대이므로, 오히려 인생의 미묘하고도 충실한 일면을 망가뜨려 버리지나 않을까 걱정이다. 자기의 직업에 정진함과 아울러 여성으로서의 사랑이나 생활 방법도 잊지 말아 주기를 바란다.

엄마는 너희가 어떠한 직업을 선택하든 전혀 간섭하지 않을 거야. 그것만은 너희가 알아주었으면 좋겠구나. 그러나 단 한 가지 걱정되는 것은, 너희가 자신이 선택한 일로 말미암아 행복과 충실감을 느끼게 될지 어떨지가 문제야.

고소득을 올리는 뇌외과(腦外科) 의사가 되든, 삼류 여배우가 되건, 무명 시인이 되든, 그 밖에 엄마가 미처 생각하지 못했던 직업을 갖든 간에 엄마는 너희 스스로가 선택한 길에 대해 경의를 표하고 싶구나.

딸들의 생각

대부분 고등학생 정도가 되면, 커서 무엇을 하고 싶다든지, 무엇이 되고 싶다는 생각을 많이 하게 되지요. 선생님이 장래의 희망에 대해 묻기 때문이지요. 그것을 저는 압력이라고 생각하지 않

직업은 그 사람의 성품을 채색
한다.

S. 존슨

아요. 직업을 갖는다는 것은 곧 자립을 의미하는 것이므로, 하루
빨리 그 날이 왔으면 하고 은근히 기다려져요. 저는 어떤 직업에
종사하든 그 방면에서 최고가 되고 싶어요.

— 시시

일하는 여성은 발전한다

사회의 장벽을 뛰어넘어 힘차고 아름답게 일하자

엄마가 직업을 가졌던 무렵만 해도, 여성의 직업이라고 하면 비서직이 거의 전부였었다. 그래서 우리 여성은 타이핑이나 주문받는 일 등을 배운 연후에 취직을 하였고, 그것도 얼마 후에 결혼을 하게 되면 그만두었었지. 요컨대 당당한 한 인간으로서의 취급을 못 받았던 거야.

물론 그것만으로 그치지 않는 여성들도 있었다. 그들은 재미있게도 언제나 두 가지 타입으로 구분되어지곤 했지. 하나는 거만하고 고집이 센 공격적인 타입이고, 다른 하나는 머리가 좋은 노력가 타입이었지.

그런데 이들은 실로 극소수의 엘리트 여성이었지. 그래서 큰 영향력을 미칠 수 없었고, 좀 이상 성격이다 보니 남성 동료들로부터 농담의 표적이 되기도 했지.

하지만 요즘에 들어서 사정이 많이 달라졌다. 엄마가 비즈니스에 발을 들여놓고 나서 20여 년 동안 많은 변화가 생긴 거야. 노동자도, 사람들의 야심도, 상업상의 거래도, 여성 자신도 변했지. 그리고 무엇보다도 반가운 것은, 여성에 대해 경의를 나타내는 남성도 볼 수 있게 되었다는 점이야.

하지만 아직은 변화의 시작에 불과하다고 생각한다. 단지 우리 여성들이 아주 힘겹게 여기까지 온 것에 대해 박수를

지혜로운 어머니가 사랑하는 딸에게 보내는 31가지 삶의 이야기

보내고 싶구나. 아직도 우리 여성이 가야 할 길은 까마득히
멀어서, 남성과 온전히 평등하게 되기까지는 상당한 시간이
걸리리라 생각한다. 하지만 인류의 진보에 첫발을 내디딘 것
만은 분명하다.

언젠가 너희도 직업 여성이 될 테니까, 여성이라는 사실이
직업상 얼마나 자신들의 발목을 잡아당기는지에 대해 생각해
보자. 엄마 세대에 비해 여러 가지로 변화했다고 하지만, 아
직도 비즈니스는 '남성의 세계'로 생각하는 사람이 많으니 안
타까운 일이 아닐 수 없다.

여성들이여, 야망을 가져라

남성이라면 전혀 경험하지 않아도 될 장애를, 단지 여성이
라는 이유만으로 극복하지 않으면 안 될 때가 너무나 많이
있다.

예로부터 여성은 중역이 되도록 양육되지 않고 언제나 보좌
역으로 만족하도록 길러졌기 때문에 남을 리드하는 일로부터
멀어져 왔지. 처음부터 이와 같이 프로그래밍되어 있기 때문
에, 여성 자신도 업무상에서 남성과는 그 포부부터가 다르게
되지. 여성의 목표는 항상 낮고, 똑같은 실력을 가지고 있어

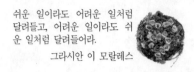
도 언제나 남성보다 낮은 지위에 안주해 버리게 되는 거야.

우리 여성들은 우선 자신의 능력을 높이 평가하는 일부터 시작하지 않으면 안 된다. 그렇지 않으면, 자신의 능력을 최대한 발휘할 수 없게 되거든. 자신에게는 최고의 자리에 앉을 수 있는 능력이 없다고 믿는 사람이 어떻게 최고의 자리로 올라가는 사닥다리를 오를 수 있겠니?

여성은 또, 수고를 아끼지 않고 정성스럽게 일하도록 교육을 받는다. 이것은 남을 부리는 고용주보다는 남에게 부림을 당하는 고용자에게 요구되는 성질의 것이다 보니, 여성은 항상 부림당하는 사람에 그치는 거지.

여성은 항상 무엇이든 혼자서 떠맡고, 남에게 맡기지 못하는 경향이 있지. 이제 우리는 사람을 잘 다루는 방법이며, 남에게 책임을 위임하는 방법을 배워야 한다. 나무 한 그루만을 보는 게 아니라, 숲 전체를 내다볼 수 있어야 해.

여성은 오랫동안 아내가 되도록 양육되어져 왔으므로, 남성에 비해 언제나 가족에 대한 염려를 많이 하는 것 같다. 아이들을 집 안에 남겨 놓고 직장에 나가는 것에 대해 죄스럽게 생각하는 남성은 아마 한 사람도 없을 거야.

남성들의 음모인지는 모르지만, 여성에게는 한 달에 한 번

씩 스스로도 자신을 믿을 수 없게 되는 주기가 찾아온다고
한다.

어떤 남성이 엄마에게, 자기 일을 도와주는 똑똑한 여성 작
가가 한 달에 3일은 컨디션이 나빠서 걱정이라고 말하더구나.
그래서 엄마가 그에게 물었지. 일 년 내내 일을 백 퍼센트 완
전 무결하게 일하고 있는 남성이 있느냐고 말이야.

여성은 흔히 애정과 직업 사이에서 고민한다고들 말한다.
남성들은 아무렇지도 않게 그것을 딱 잘라 버릴 수 있다는
데 말이다. 여성의 경우, 사랑 받기 위해서는 얌전히 있어야
한다고 배워 왔는데, 남성의 경우는 그와 완전히 반대이지.

아직도 여성이 비즈니스를 하는 데에 모범이 되는 행동 양
식이 개발되어 있지 않으며, 직업 훈련 프로그램도 여성 특유
의 힘을 발휘할 수 있도록 짜여져 있지 않고, 오직 남성만을
위해 만들어져 있다.

그래서 많은 여성이 일에 사회적인 야망을 품는 데에 몹시
망설이고 있다. '최고의 지위에 오른 여성에게 결혼을 신청할
남자가 있을까? 여성이 크게 성공하면 결혼과는 인연이 멀어
지는 것이 아닐까?' 하는 생각도 하게 되지. 또한 여성은 최
고 책임자에게 필연적으로 따르는 고독도 두려운 것이다. 그

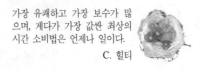

래서 여성은, '퀸(queen)'이라면 몰라도 '킹(king)'이 되는 걸
두려워하곤 한다.

그러나 반대로 한번 생각해 보자. 여성은 과연 큰 뜻을 품
지 않아도 좋을까? 어느 정도의 선에서 타협하여, 주어진 일
에 실수만 하지 않으면 그것으로 족할까? 비록 큰 야심을 품
었다 하더라도, 그것으로 인해 가족을 희생시키는 데에 죄의
식을 가져야만 할까?

자신을 가지고 차근차근 전진하자

남성이 갖지 못한 유리한 면도 여성에게는 꽤 많이 있다.
우리는 모계 사회의 역사를 가지고 있지 않니? 일상 생활에
있어서 우리 여성의 발언권은 크다고 할 수 있지.

여성은 인내하도록, 또 부지런하도록 길러지는데, 이것이 모
두 업무를 수행하는 데 있어서 강력한 무기가 될 수 있지. 여
성에게는 순응성이 있고, 생활 태도도 다원적이며, 남성에 비
해 자신의 직관을 신뢰하고, 그에 따라 일을 추진할 수가 있
단다.

엄마는 직장에서 상당한 신용을 얻었는데, 지금 생각해 보
면 부모님께서 어릴 적부터 엄마에게, '나중에 성장하면 반드

일하지 않아도 살 수 있다고
하여 일하지 않는 것은 죄악이
다.

L. N. 톨스토이

시 뛰어난 인물이 될 것'이라는 믿음을 심어 주셨기 때문인
것 같다. 너희 외할머니께서는 초기의 여권론자이셨고, 외할
아버지께서는 정의와 평등에 크게 공감을 가지고 계신 분이
셨단다. 결혼하여 아기를 낳아 기르는 것이 여성의 사명이라
고 말하던 세대였고, 엄마 또한 그렇게 생각하고 있었지만,
한편으로는 자신감도 대단했었지. 여자라는 것이 결코 핸디캡
이라고 하는 생각 따위는 조금도 해 보지 않았거든.

이와 같이 적극적인 마음이 있었기 때문에, 엄마는 남성의
세계에서도 결코 기가죽지 않고 당당하게 살아 왔다고 생각
한다. 너희도 당당하게 '나는 해낼 수 있다'는 믿음을 마음 속
에 심도록 해라. 이 믿음이야말로 경력을 쌓는 커다란 큰 도
움이 될 것이다.

너희는 장래의 직업 생활에 얼마쯤은 관심을 갖고 있을 테
니까, 엄마와 함께 다음의 몇 가지를 생각해 보자꾸나.

너희는 가슴을 쭉 펴고, '내게는 이런 장점이 있어요' 하고
자신 있게 내세울 만한 게 있는지 솔직하게 한번 말해 보렴.
이 세상에 나라는 존재는 단 한 사람밖에 없다. 다른 사람이
이미 무언가를 시작했다고 한다면, 그에 비해 너희 어떠한지
를 한번 생각해 볼 필요가 있다.

일이 즐거움이면 인생은 낙원
이지만, 일이 의무이면 인생은
지옥이다.

　　　　　M. 고리키

　남보다 더 뛰어나기 위해 정력을 쏟으면 보다 빨리 목표에
도달할 수 있다. 그 분야의 전문가로서 성공할 수도 있고 말
이야.

　그것을 하고 싶은 동기도 한번 생각해 보자. 자기에게 가장
중요한 것은 무엇일까? 가족? 일?

　서로의 차이도 계산해 보자. 그리고 일을 자기의 인생 속에
잘 통합하여, 그 어느 쪽으로도 치우치지 않는 충실한 인생을
보내야 한다.

　자기 자신에 대해 잘 파악하고 자기 자신을 소중히 여겨야
한다는 사실을 명심해라. 그러면 자기에게 있어서 최선의 것
이 무엇인지를 알게 되어, 즐거운 마음으로 목표를 향해 출발
할 수 있게 될 것이다.

어머니는 캐리어 우먼

집에 남겨진 어린아이는 역시 쓸쓸했다

이제 엄마에게도 스스로의 인생을 돌아볼 시기가 온 것 같구나. 그것은 이 노트를 쓰기 시작했기 때문이기도 하겠고, 너희가 각각 열네 살과 열다섯 살이라는 제법 성숙한 나이가 되었기 때문이기도 할 거야.

산다는 것이 아주 괴로웠던 시절, '너희가 열네다섯 살씩만 되면……' 하고, 마치 그것이 어둡고 긴 터널 끝의 밝은 출구라도 되는 양 엄마는 기다렸단다. 그 때까지만 기르면 세상을 상대로 한 나의 분투도 일단락되리라고 생각했었지.

브론빈, 오늘은 네가 열다섯 번째 맞는 생일이구나. 그리고 시시, 너도 앞으로 사흘이면 열네 살이 되지. 청춘의 한가운데에 서 있는 너희가 어찌 엄마의 이러한 기분을 알겠느냐.

점성술에 의하면, 14년과 28년의 사이클은 천계(天界)의 대장격인 토성(그리스 신화에 나오는 농사의 신)이 통과하는 시기라고 한다. 영혼의 성장과 두뇌는, 사람들의 공로를 인정한 토성으로부터 받는 포상이라고 하더구나.

흔들의자를 삐걱거리면서 이 글을 쓰고 있노라니, 옛날에 엄마가 자장가를 불러 주면서 너희를 잠재우던 그 요람이 눈에 선하구나. 그리고 정말로 토성의 방문을 믿고 싶어지는구나.

지식에 관한 이야기

여러 가지 일을 극복해 오면서
내가 용기 있는 엄마라는 것을
알게 되었다.

엘리자베드 테일러

14년 전, 엄마는 양쪽 팔에 너희를 하나씩 안고 노스 캐롤라이나에서 나왔다. 그런데 너희가 아직도 엄마 품에 꼬옥 안겨 있는 기분이 드는구나. 이제는 모두 의젓한 숙녀로 자랐는데도 말이야.

지금은 지나간 세월을 돌아봄으로써 성장의 자취를 살펴보기에 좋은 시기가 되었구나. 차분하게 하나하나 이야기해 보자꾸나.

고통스럽던 터널의 출구에 보이던 빛

아마 엄마가 이런 말을 하면, 일하는 어머니들의 뭇매를 맞을지도 모르겠다. 그러나 엄마는 너희가 아기였을 때, 집을 비워 놓고 밖으로 일하러 나가야만 했던 지난날의 일을 매우 미안하게 생각하고 있단다.

엄마가 일을 해서 좋은 점은 여러 가지가 있다. 아이들에게 일찍부터 자립심을 키워 주고, 그리고 그들은 제멋대로 철부지같이 구는 마음을 억제하고 협력하는 것을 배우게 된다. 하지만 그 시기에 엄마가 집에 없다는 것은 역시 아이들에게 있어서 큰 부담이 아닐 수 없다.

어린 너희를 가정부의 손에 맡겨야 하고, 어두운 밤이 찾아

생명이 있는 한 희망이 있다.
희망은 만사가 용이하다고 가
르치고, 실망은 만사가 곤란하
다고 가르친다.

J. 위트

왔을 때 너희에게 그 쓸쓸함을 참고 견디게 했던 것을 생각하면 지금도 엄마는 가슴이 아프단다. 엄마에게 들려주고 싶은 이야기를 잔뜩 가지고 집으로 돌아왔는데, 엄마가 집에 없었을 때 너희의 마음이 어땠을까? 그 때 아마 너희는 현실의 엄격함을 배웠을 거야.

엄마는 늘 안타까웠다. 너희를 더 다정하고 따뜻한 현실로 감싸주고 싶었어.

나처럼 어쩔 수 없이 직업을 택해야 하는 엄마들이 세상에는 많단다. 요즘에는 '어쩔 수 없이 집 안에 머물러 있는 욕구불만의 어머니보다, 일을 함으로써 만족해하는 어머니가 아이들에게 좋다'는 말이 나오고 있다. 그래서 일하는 엄마는 그 말을 유일한 위안으로 삼을지도 모른다. 그러나 자녀들에게 있어서 최고의 상태는 역시 엄마가 집 안에서 자기들을 사랑스럽게 길러 주는 것이라고 생각한다.

1,2년 동안 아기를 돌보기 위해 가정으로 들어가는 것이 과연 여성의 직업 활동이나 경력에 마이너스 작용을 할까? 이것은 확답하기가 쉽지 않다. 하지만 역시 자기의 사랑하는 아들딸을 위해서는 그쪽이 좋으리라고 생각한다

연령에 관해서도 생각지 않을 수 없겠지. 최근에는 출산 연

령이 점점 높아져 가고 있다. 충분히 성숙한 후에 부모가 되는 것이 좋다고 하는 말은 당연해. 그러나 성숙도는 차치하고, 엄마가 부모가 되었던 23세, 24세 때의 그 스테미너와 발랄한 용기는 정말 값진 것이다.

지금 엄마는 너희가 18개월, 그리고 30개월이 되었을 때 찍었던 스냅 사진을 들여다보고 있단다. 깜짝 놀랄 정도로 젊디젊은 엄마의 양쪽 무릎에 너희가 나란히 앉아서 엄마의 기다란 머리칼을 만지작거리며 놀고 있구나. 젖먹이인 너희와 붕어빵같이 꼭 닮은 앳된 엄마, 아니 새색시라고 표현하는 것이 더 어울리겠지? 솔직히 말하면 너희와 함께 이 엄마도 함께 자라는 듯한 느낌이 드는구나.

너희는 참으로 몸과 마음이 모두 건강하게 잘 자라 주었다. 14세, 15세가 된 너희를 보고 있노라면 얼마나 기쁘고 감사한지 말로 다 표현할 수 없을 정도란다. 내가 뚫고 나가지 않으면 안 되었던 고통의 터널 출구에서 빛나고 있는 눈부신 빛, 그것이 너희가 아니고 무엇이겠느냐?

자, 이제부터 너희의 앞날에 어떤 멋진 미래가 펼쳐질지 정말 기대가 되는구나.

희망은, 이것을 갈망하여 추구
하는 사람을 결코 외면하지 않
는다.

J. 플레

딸들의 생각

제가 어렸을 때, 엄마가 직장에 나가셔서 정말 쓸쓸할 때가 많
았어요. 아이들이 어릴 때, 엄마는 직장에 나가지 않는 게 좋다고
생각해요. 엄마가 직장에 나가게 되면 아이들이 고생하게 되잖아
요.

— 시시

여성이 일을 한다는 것은 정말 훌륭한 일이라고 생각해요. 그것
은 여성 자신에게 좋을 뿐만 아니라, 아이들에게도 자립심을 길러
주게 되니까요. 엄마가 하루 종일 집 안에만 있다면, 아이들은 엄
마만 의지하게 되어 인간으로서의 발달이 늦어질 거예요.

제가 어렸을 때 엄마는 늘 직장에 나가셨죠. 저는 그것이 매우
멋진 일이라고 생각했었어요. 왜냐 하면 집안 전체가 내 것이 된
것 같아서 아주 어른이 된 듯한 기분이 들었거든요.

— 브론빈

아이들에게는 진정으로 사랑해 주는 부모님이 계시다는 게 무
엇보다도 중요한 일인 것 같아요. 부모님의 사랑을 받고 있다는

사람들은 소망을 안고 사는 동
안 아무리 고통스러워도 견디
고 용감하게 살 수 있다.
　　　　　C. 네터링

사실을 확인하게 되면, 부모님이 밖에서 일하고 계실지라도 아무
렇지 않아요.

— 지지

시작을 위한 맺음말

　사랑하는 나의 딸들아, 아직도 엄마가 너희에게 들려주고 싶은 말들은 무수히 많구나. 생각나는 대로 너희를 향해 써 나가는 이 글이 어쩌면 영원히 계속될지도 모르겠지만, 지금은 여기를 마지막 페이지로 삼자꾸나.

　엄마는 진정으로 너희를 사랑하고 있어. 앞으로 너희가 어떤 삶을 살아야 할지, 말로는 그 참뜻을 충분히 전달할 수 없을 것 같아서 이렇게 너희에게 엄마의 바람들을 하나하나 글로 적어 보았다.

　너희의 인생이 꿈과 모험과 변화와 상식과 투지와 웃음과 애정으로 가득 찼으면 좋겠구나. 언제나 자기 자신에 대해 확신을 가지고 자신의 직관을 믿도록 하렴. 그리고 무엇보다도 여성이라는 사실을 큰 기쁨으로 여기기를 바란다.

　사랑하는 딸들아, 앞으로 너희가 진심으로 사랑할 수 있는 남편을 만나고, 남편 역시 너희를 진정으로 아끼고 사랑하는 사람이었으면 좋겠구나.

　너희가 엄마에게 가져다주었던 많은 아름다운 것들을 이제 너희가 너희의 자녀들로부터 받을 차례가 되었구나. 평생을 두고 이 엄마와 함께 배우며 사랑을 나눌 수 있는 내 딸들이 되기를 진심으로 바란다.

카네기 인생론

삶에 대한 모든 물음은 우리 스스로 체득할 수밖에 없을 것이다.

삶에 대한 어떤 설명도 우리 자신의 삶에 지침이 되기에는 어렵기 때문이다.

이 책은 막연한 설명이 아니라 구체적인 제시를 한다.

우리가 어디에서나 부딪히는 삶의 현장에서 함께 이야기하고자 하기 때문이다.

카네기 출세론

이 세상을 살면서 주어진 삶에 충실하다는 것은 모든 이들의 소망이다.

그리고 가능한 모든 일을 이루어 낸다는 것은 유능한 사람들의 의무이다.

이 책은 유능한 사람들이 나아가야 할 바를 참으로 절실하게 제시해 주고 있다.

또 유능해지고자 하는 모든 이들의 삶을 위하여 봉사하고자 하고 있다.

카네기 지도론

참다운 지도는 함께 나아가는 것이다. 무엇을 제시하거나 지시하기 전에 피지도자가 무엇을 하고자 하는가, 무엇을 할 수 있는가를 알아서 그것을 이끌어주고, 또 그것이 이루어지도록 함께 노력하는 것이다.

이 책은 무엇이 참다운 지도인가를, 즉 어떻게 함께 나아갈 것인가를 그려내 보여주고 있다.

카네기 대화술

올바른 언어의 선택은 의사소통을 보다 원활하게 한다. 훌륭한 대화는 인간행위의 가장 승화된 형태라고 할 것이다.

이 책은 청중을 향하여 효과적으로 이야기하는 방법이 제시되어 있으며, 화술 훈련에 임하면서 경험한 실례를 중심으로 쓰여졌다.

현재를 출발점으로 당신은 효과적인 화술 방법을 통해 자신의 무한한 능력을 깨닫게 될 것이다.

카네기 처세론

최고의 처세라는 것은 우선 최선의 목표를 정하고 그 성취에 이르는 길을 갈고 닦는 것이다. 거기에다 자기를 세우고, 삶을 키워내고, 세상을 이끌어 갈 수 있는 힘을 닦는 것이다.

이 책은 거기에 있는 불후불굴의 조언을 새겨주고 있다.

카네기 자서전

노동자들은 온정에 보답하려는 깨끗한 마음을 갖고 있다. 적어도 진실로써 다른 사람을 대하고 어떤 문제가 발생했을 때 성의를 다 해서 전력한다면 그들이 사용자에게 어떻게 대할 것인가 하는 염려 같은 것은 전혀 할 필요가 없다. 그러므로 덕은 외롭지 않다. 덕을 베풀면 반드시 그에 대한 결과가 있기 때문이다. 그리고 사업에 성공할 수 있는 가장 큰 원인은 완전한 계산을 통하여 금전과 자재 등의 책임을 충분히 인식시키는데 있다.

신념의 마력

인간은 마음 먹기에 따라서 세상의 모습을 바꾸어 놓을 수 있다.

인간이 지닌 많은 힘 가운데 가장 큰 힘이 마음의 힘인 것이다.

신념은 일상생활을 통하여 우리의 이상을 그려낼 수 있는 강한 추진력이다.

이 추진력을 바탕으로 우리는 우리의 생활을 삶을 뜻대로 이루어 갈 수 있는 것이다.

정상에서 만납시다

미국의 유명한 저술가이며 자기개발 성공학의 권위자인 지그지글라가 진정한 성공에 다다를 수 있는 가장 빠른 방법을 제시하고 있다.

29년에 걸친 판매 경험과 인간개발 경험을 살려 각계 각층에서 활약하고 있는 최고 전문가들의 성공철학을 파악, 여섯 단계로 그 비결을 밝혔다.

머피의 마음만 먹으면 당신도 부자가 된다

당신이 만약 풍족하지 않다면 행복하고 만족한 생활을 결코 영위할 수 없을 것이다. 여기에 풍족한 삶을 누리기 위한 과학적인 방법이 있다. 당신이 성공과 행복과 번영이라는 달콤한 과일을 얻고 싶다면, 이 책에서 이야기하는 것을 정확하게 되풀이해 배우라. 그러면 당신의 앞날을 보다 아름답고, 보다 행복하고, 보다 풍족하고, 보다 고귀하고, 보다 웅장하고 큰 규모로 펼쳐질 것이다.

머피의 잠자면서 성공한다

머피의 이론을 바탕으로 하면 자기가 바라는 바 지위나 돈을 어떻게 얻을 것인가, 또는 우호적인 인간관계를 어떻게 실현할 것인가를 터득할 수 있다. 따라서 이 책에 명시된 대로 따르기만 하면 당신은 인생 전반에 걸쳐 기적적인 효과를 얻을 수 있다.

머피의 인생을 마음대로 바꾼다

이 책 속에는 당신의 인생을 변하게 하는 마법과도 같은 방법이 제시되어 있다. 다시 말해 기적이라고 할 만한 이야기들이 가득 차 있다. 당신의 마음속에 내재되어 있는 마법과도 같은 잠재의식을 어떻게 사용해야만 당신이 인생에서 성공할 수 있는지 흥미진진한 실례들을 통해 상세하게 알려주고 있다.

머피의 승리의 길은 열린다

당신은 이 책에서, '인생은 마음먹기에 따라 달라진다'는 평범한 진리가 당신의 인생에 있어서 얼마나 중요한가를 실감하게 될 것이다. 이 책에 제시된 인생의 법칙을 읽고 그것을 당신의 인생에 응용하면, 당신은 당신의 인생을 건강하고 즐겁게, 그리고 유익하고 성공적으로 가꿀 수 있는 힘을 얻게 될 것이다.

머피의 인생에 기적을 일으킨다

마음의 힘에 관해서는 많은 책 속에 여러 가지로 쓰여 있으나, 이 책에서는 당신의 모든 생활을 변환하기 위하여 이 힘을 어떻게 이용할 것인가, 건설적이며 성공할 수 있는 사고방식, 그리고 자신의 생활을 보다 풍족히 할 수 있는 방법 등을 기록했다.

머피의 100가지 성공법칙

인생에서 성공한 사람들을 보면 하나같이 이 잠재의식의 법칙을 실천했던 사람들이다. 만일 당신이 지금 충분히 행복하지 않고, 충분히 부유하지 않으면, 충분히 성공하지 못했다면 그것은 당신이 잠재의식을 충분히 이용하지 못하기 때문이다. 이 책에는 당신이 가고자 하는 성공의 길, 부자가 되는 길, 인생을 한껏 즐길 수 있는 기술이 감추어져 있다.

오늘 같은 내일은 없다

동화 속 샘처럼 맑은 영혼을 가진 헤세가 열에 들른 내 눈동자에 가까이다가와 옛 노래의 추억을 속삭여 줍니다.
가장 달콤하고 이상적인 충고, 세월이 흐른 지금도 그의 이야기는 멋진 동화책처럼 우리들 앞에 펼쳐져 생생하게 되살아납니다.

오사카 상인의 지독한 돈벌기 76가지 방법

오사카 상인의 13대 후손이며 미쓰비시 은행의 상무를 역임한 저자가 오늘날 일본 경제를 일군 오사카 상인들의 정신을 분석 수록했다. 무일푼으로 출발하여 그들만의 돈벌이 노하우와 끈질긴 생존능력, 아이디어를 바탕으로 세계적으로 유명한 유태상인과 어깨를 겨룰만큼 성장한 오사카 상인들의 경영비법을 바탕으로 부와 성공을 이룰 수 있는 방법이 자세히 제시되어 있다.

중국 상인의 성공하는 기질 74가지

미국, 일본의 뒤를 이어 세계 3대 경제대국으로 뛰어오른 중국의 숨은 잠재력, 서서히 일본의 경제를 위협하는 존재로까지 급부상한 그들에게 끈질긴 생명력과 강력한 경제력을 지닌 화교 사회는 중국 대륙의 비밀 병기였다.
그들이 성공하기까지 철저히 지켜지는 상인정신의 기본 자세를 배워 현재의 어려움을 극복하는 지혜를 배운다.

유태상인의 지독한 돈벌기 74가지 방법

유태인들은 화교와 함께 세계 제일의 상인으로 손꼽히고 있다.
그것은 2천 년 동안 국가도 없이 흩어져 살면서 수없이 쏟아지는 박해와 압박을 견디며 일군 끈질긴 민족성의 승리였다. 그들은 열악한 환경 속에서도 자신들만의 독특한 상술을 발휘하여 오늘날 세계 경제를 좌지우지하는 지위에까지 오르게 된 것이다.

임어당의 웃음

우리의 심리적 소질 가운데는 진보와 개혁을 저해하는 어떤 요소가 존재하고 있다. 즉 모든 이상을 웃어넘기고 죄악 그 자체조차 인생의 필요한 부분으로 미소로서 바라보는 유머임을 발견한다.
중국인의 특성의 장점과 단점이 흥미진진한 소재와 감동적인 문체로 전해지는 임어당 문학의 진수!

인디언 우화

동물과 인간의 구분도 없고 생물과 무생물도 구별 할 줄 모르는 그래서 어쩌면 첨단을 달리는 현대과학의 분위기와 맛을 그대로 간직한 채 우주 속에서 살았던 북아메리카 인디언들의 이야기들은 오늘날 잊혀져버린 인간의식의 고향을 찾을 수 있는 오솔길이 될 것이다.

주역 김승호 ●대하소설

1권/연진인의 천명재판

세상과는 멀리 떨어진 깊은 산, 범상한 신통력과 전생을 간직한 사람들의 마을, 지존한 신선들의 은밀한 행보는 지상으로 향하고, 정마을은 상상조차 할 수 없었던 기이한 사건의 소용돌이 속으로 휘말려 드는데…. 연이은 긴박한 사건 속에 속세에서 폭력에 맞섰던 한 사나이가 정마을로 숨어든다.

2권/평허선공, 염라전에 들다

정마을 촌장의 기이한 행적으로 인한 의문은 쌓여만 가고, 건영이의 신비한 힘이 주역을 통해서 서서히 드러난다. 이 때 천계에서는 우주의 이상현상에 대한 답을 구하기 위해 특사가 파견되지만 요녀들의 방해로 죽임을 당해 뜻을 이루지 못한다. 한편 정마을 떠난 촌장 풍곡선은 천계에서 심문을 받고…….

3권/종잡을 수 없는 천지의 운행

천계에서 서선 연행이었던 전생의 기억을 회복한 남씨는 숙영이 어머니와의 이루지 못한 슬픈 사랑에 가슴 아파한다. 우주의 이상현상의 하나로 나타난 혼마 강리는 정마을 사람들을 위협하고, 천계의 대선관 소지선은 평허선공을 피해 하계로 숨어 버린다.

4권/단정궁의 중요 회의

우주의 혼란을 바로잡을 방법을 구하기 위해 단정궁에 파견된 특사는 아리따운 총관 본유의 유혹에 넘어가 정력을 소진한 채 자멸하고 만다. 한편 지상에 나타난 혼마 강리는 땅벌파에게 무술을 가르쳐 세상을 지배하려 한다. 그러나 풍곡선의 부탁을 받아 그를 뒤쫓던 검의 명수 좌설과 일전을 치르는데…….

5권/선혈로 물든 인연의 늪

정마을 주변에서는 또 한번의 기이한 일이 발생한다. 빗자루를 든 괴노인이 나타나 닥치는 대로 사람을 죽이고 서울로 향하는 인규를 위협한다. 정마을이 지원하는 조합장측과 혼마 강리가 지원하는 땅벌파 간의 오랜 이권 다툼 끝에 드디어 협상이 이루어져 새로운 전기가 마련된다. 천계에서는 동화궁과 남선부 간에 전쟁이 일어나 아수라장이 되어 버린다.

6권/옥황부의 긴급 사태

건영이는 하루가 다르게 도를 깨우치고 혼마 강리도 극강의 힘을 얻기 위해 땅벌파를 동원해 여체를 찾아 나선다. 그들은 드디어 무척 날쌔며 힘이 장사인 미친 여자를 만난다. 그러나 혼마는 뒤쫓던 좌설과 능인의 일격을 당해 중상을 입는다. 이 결투로 능인도 목숨을 잃을 위기를 당하지만 때마침 천계에서 건영이를 만나러 내려온 염라대왕의 도움으로 살아난다.

7권/여인의 숭고한 질투

빗자루 괴인은 마침내 정마을로 쳐들어오고 이를 미리 알아챈 건영이는 마을 사람들을 산으로 대피시킨다. 건영이는 염파를 보내 괴인을 자신에게로 이끌어 전생에 역성 정우였음을 밝히며 주역에 대해 문답을 나누어 위기를 넘긴다. 한숨 돌린 건영이는 또다시 천계에서 내려온 염라대왕을 만나 우주의 이변에 대해 상세히 진단을 내려준다.

8권/기습당한 옥황상제

좌설과의 결투로 중상을 당한 혼마 강리는 거지 무덕의 덕으로 목숨을 구했을 뿐만 아니라 극강의 힘을 향해 치달렸다. 이에 강리는 조합장측에 도움을 주고 있는 정마을의 위치를 알아내 단번에 섬멸해 버리기 위해 땅벌파들을 지방으로 내려 보낸다. 한편 정마을의 남씨는 전생에 천계에서 친구였던 수지선의 방문을 받는다.

9권/다가오는 정마을의 위기

풍곡선은 평허선공의 추적을 뿌리치기 위해 옥황부의 특사가 되어 요녀들이 들끓는 단정궁으로 향한다. 평허선공은 염라전에 나타나 염라대왕과 일전을 벌이는데……. 지상의 혼마 강리는 드디어 무덕의 신통력으로 극강의 힘을 얻고 정마을을 정복하기 위해 땅벌파와 함께 춘천으로 떠난다.

10권/슬픈 운명

정마을로 침투하려던 강리 앞에 수지선이 나타나 결투를 벌인다. 극강의 힘을 발휘하며 강물 위에서까지 혈투를 벌인 끝에 강리가 생을 마감하여 바람처럼 사라져 버린다. 한편 천계에서는 평허선공의 사주를 받은 동화궁의 선인들이 옥황부로 쳐들어가고, 살상은 계속되었다. 지상과 천계의 이변을 수습할 방법은 없는 것일까? 그리고 단정궁으로 떠난 풍곡선의 운명은…….